KB155173

울트라 코리아 ULTRA KOREA

1판 1쇄 찍음 2021년 2월 23일
1판 1쇄 펴냄 2021년 3월 3일

지은이 | 정사부
펴낸이 | 정 필
펴낸곳 | (주)뿔미디어

편집장 | 문정흠
기획·편집 | 오복실

출판등록 | 2002년 9월 11일 (제1081-1-132호)
주소 | 경기도 부천시 원미구 소향로17, 303(두성프라자)
전화 | 032)651-6513 팩스 | 032)651-6094
E-mail | bbulmedia@hanmail.net
비북스 | http://b-books.co.kr

값 8,000원

ISBN 979-11-6565-920-2 04810
ISBN 979-11-6565-919-6 04810 (세트)

정사부 현대 판타지 장편 소설
1
울트라 코리아
ULTRA KOREA
BBULMEDIA FANTASY STORY

CoNTeNTs

프롤로그

끼룩끼룩.

철썩!

푸른 바다, 맑은 하늘, 그리고 요트.

화려한 비키니와 수영복을 입은 20대 초반의 남녀 커플 열 명이 즐거운 음악에 맞춰 춤을 추고 있다.

그중 일부는 가벼운 스킨십까지 주고받으며 분위기를 더욱 고조시킨다.

근처에 제복을 입은 요트 승무원들은 그들이 즐거운 시간을 보내도록 도왔다. 마치 한 편의 관광 홍보 영상을 보는 듯하였다.

하지만 흥겨워하는 그들과 동떨어진 채 파티를 지켜
보는 한 사람.

그 역시 아직 20대의 젊은 남자이지만, 파티를 즐기
는 이들보다는 약간 나이 들어 보였다.

아시아인치고는 꽤 하얀 피부를 갖고 있는 이들에 반
해, 그들을 지켜보는 남자는 동남아인인 요트 승무원의
피부와 비슷했다.

마치 짙은 태닝을 한 것처럼 그을려 있었다.

하지만 그 사내는 동남 아시아인으로 보이기보단 아
주 건강하고 강인한 인상의 특정 직종에 속한 남자 같
았다.

더욱이 그 사내의 머리가 배에 타고 있는 다른 이들
에 비해 짧아 그러한 느낌을 더욱 강하게 풍겼다.

이는 극한의 훈련을 마친 군인과 비슷했다.

저벅저벅.

"형, 거기에만 있지 말고 이쪽으로 와서 저희랑 같이
즐겨요."

한창 친구들과 놀던 사내가 그에게 접근하며 말을 걸
었다.

"아니다. 난 여기서 그냥 쉬고 있을 테니, 너나 친구
들과 많이 즐겨."

굳이 어린 사촌의 친구들과 어울리고 싶은 생각이 없

던 사내가 말했다.

"알았어요. 그럼 전 친구들에게 가 볼 테니 생각이 바뀌면 와요."

말을 건 남자는 자신과 친구들의 보호자 역할로 함께 온 사촌 형이 무리들과 떨어져 혼자 있기에 권했는데, 본인이 싫다고 하자 더는 종용하지 않았다.

솔직히 말하면 사촌간이라도 그렇게 친한 사이가 아니었기에 더 그랬다.

철썩철썩!

그렇게 사촌 동생이 파티를 권하고 간 후, 한 시간여가 지났다.

조금 전까지만 해도 맑던 날씨가 갑자기 변하기 시작했다.

휘이잉.

철썩!

촤아아아.

"어머, 이거 왜 이래?"

급작스레 바뀐 날씨 때문에 잔잔하던 바다가 점점 거칠어지고 있었다.

파도가 크게 일어 요트가 출렁이고, 안에 타고 있던 사람들이 휘청거렸다

"어서 배로 오르세요. 폭풍이 몰려올 거랍니다!"

요트 안에 있던 가이드가 아직 수영을 즐기고 있는 이들에게 급하게 소리쳤다.

조금 전까지만 해도 파도가 그리 심하지 않아 각자의 수영 실력을 뽐내고 있던 이들은, 갑자기 변한 날씨로 아직 배에 오르지 못했다.

"괜찮은 것 같은데, 좀 더 있다 가죠."

그런데 어디나 꼭 하나씩 있는 또라이가 고집을 부렸다.

가이드의 권유에도 아직 파티의 기분에 취한 그는 파도가 거칠어지는 걸 느꼈음에도 요트에 오르는 친구들과 반대로 행동하였다.

"그만 올라와!"

파티에서 떨어져 젊은이들을 지켜보던 사내가 선미로 걸어가 아직 바다에 있는 젊은이에게 경고하듯 짧게 소리쳤다.

"아씨!"

그러자 조금 전까지도 바다에서 나오지 않던 이가 요트에 오르기 위해 배 후미로 수영을 하며 다가왔다.

하지만 바다의 날씨는 이곳의 사람들이 생각한 것보다 더욱 심하게 변했다.

촤아아!

"어!"

너무 큰 너울성 파도 때문에 요트가 흔들려 그곳으로 다가오던 젊은이는 그만 이를 피하지 못하고 머리를 부딪쳤다.

쿵.

"아악."

친구의 사고를 지켜보던 몇몇 여자들이 비명을 질렀다.

'젠장.'

사촌 동생과 그 친구들의 보호자 격인 수호는 속으로 욕을 하며 배에 부딪쳐 기절한 사내를 향해 바다로 뛰어들었다.

첨벙!

"위험합니다."

그런 수호를 보며 가이드가 소리쳤지만, 배와 부딪쳐 정신을 잃은 사내에게 집중하고 있던 수호는 그 경고가 전혀 들리지 않았다.

"어떻게 해!"

웅성웅성.

바다에서 수영을 하던 사람들은 모두 배 위로 올라왔지만, 기절한 사내와 이를 구하려는 수호만이 거센 파도 속에 남아 있었다.

척척!

사고자를 구하기 위해 바다로 뛰어든 수호는 저 멀리 파도에 휩쓸려 배와 멀어지는 사내의 위치를 확인하고 급히 수영을 하여 다가갔다.

심한 파도 탓에 어렵사리 떠내려가던 남자를 붙잡은 수호는 급히 배를 향해 소리쳤다.

"밧줄을 던져!"

급한 마음에 그냥 바다로 뛰어들었기에 구조 장비가 전혀 없었으니 오랜 시간 기절한 사람을 붙들고 바다 위에 떠 있을 수가 없었다.

"헉헉, 젠장!"

기분 전환 겸 사촌 동생과 그 친구들의 여행길에 보호자 역할 좀 해 달라는 큰아버지의 부탁 아닌 부탁에 어쩔 수 없이 나섰던 상황이다.

그런데 이런 사고가 발생했으니 어처구니가 없었다.

있는 집 자식들이라 그런지 말을 더럽게 안 듣더니 기어코 사고를 치고 말았다.

이번 일만 무사히 끝나면 호텔로 돌아가 한소리 해야지, 다짐하며 멀리 떨어져 있는 배가 다가오기를 기다렸다.

그러면서도 제발 자신이 지쳐 이놈을 놓쳐 버리기 전에 도착하길 기도했다.

철썩철썩!

휘이잉.

수호가 배를 기다리는 동안에도 파도와 바람은 더욱 거칠어져만 갔다.

1. 미지와의 만남

보글.

커다란 캡슐 안에 가득 담긴 액체 속에서 기포 올라오는 소리가 들렸다.

그 캡슐의 용액 속에는 아무것도 걸치지 않은 나체의 성인 남성이 들어 있다.

액체 안에 눈을 꼭 감고 있는 남자는 잠이 든 것인지, 마치 아이가 엄마의 배 속에 들어 있는 자세를 취하고 있었다.

뽀그르르.

'음.'

기포가 올라오는 간격이 점점 짧아지면서 잠들어 있던 사내도 깨어나려는 것인지, 아니면 남자의 반응 때문에 기포가 오르는 것인지 알 수는 없었다.

하지만 시간이 흐를수록 남자의 반응은 점점 커져만 갔다.

뽀그르르.

'음음.'

휘익.

웅크리고 있던 사내의 몸이 잘게 반응하며 캡슐 속 용액을 휘저었다.

한데 무슨 나쁜 꿈이라도 꾸는 것인지 반응이 심상치 않았다.

위잉, 위잉—

사내의 반응이 격렬해지자 캡슐이 있는 방에 설치되어 있는 스피커에서 요란한 경고 사이렌이 울리기 시작했다.

— 지구인의 유전자 조작이 완료되었습니다. 지구인의 유전자…….

캡슐과 연결된 통제 컴퓨터가 작업을 마쳤다는 보고를 하자, 입력된 프로그램에 의해 곧바로 다음 단계로

진행되었다.

작업을 마친 컴퓨터는 그다음 단계로 캡슐 안에 있는 수용액을 빼내었다.

더 이상 사내를 캡슐 안 수용액 속에 남겨 둘 이유가 없었기 때문이다.

슈슈슈슈.

마치 세탁을 마친 후 탈수하기 위해 물을 외부로 배출하는 세탁기처럼, 캡슐 안에서 액체의 수면이 빠르게 낮아졌다.

그러다 보니 용액 안에 떠 있던 사내의 몸도 수면이 낮아지면서 캡슐 바닥에 내려앉았다.

탁.

위잉, 위잉—

낮은 사이렌 소리와 함께 또다시 들리는 기계음.

— 캡슐을 개방합니다. 캡슐을 개방합니다.

용액이 빠져나가자 금방 뽀송뽀송해진 캡슐의 투명한 유리 덮개가 열렸다.

푸슝!

그러자 바람 빠지는 소리가 들렸다.

"으음."

유리 덮개가 열리기 무섭게 안에 누워 있던 사내의 몸이 바닥으로 굴러떨어졌다.

쿵.

"윽."

1미터 정도의 높이에서 떨어진 사내가 그 충격으로 인한 통증 때문에 짧은 비명을 질렀다.

그렇게 고통이 지속되더니 사내가 서서히 눈을 떴다.

"윽!"

캡슐에서 떨어지며 생긴 통증은 어느 정도 적응되었다지만, 이번에는 다른 것에서 오는 고통이었다.

사실 육체적 고통은 몇 달 전까지만 해도 군인이었기에 금방 적응할 수 있었다.

하지만 지금 자신이 어디에 있는지 파악하기 위해 눈을 뜨다 두 눈에 들어온 빛 때문에 본능적으로 비명이 터졌다.

참기 힘들 정도로 큰 고통은 아니지만, 인간인 이상 갑자기 쏟아지는 강렬한 빛은 어쩔 도리가 없었다.

그러다 보니 고통이 느껴지는 두 눈을 자신도 모르게 양손으로 비비며 곧 회복되기를 기다렸다.

'하, 젠장.'

어두운 상태에서 갑자기 빛이 두 눈에 들어오다 보니 적응이 쉽지 않았다.

그러다 뭔가 이상한 기분이 느껴졌다.

'어? 난 분명 해류에 휩쓸려 바닷속으로 빨려 들어갔는데.'

자신은 분명 바다에 빠졌다.

아니, 정확하게는 사촌 동생의 친구 하나가 사고를 당한 걸 구하기 위해 바다에 뛰어들어 그를 구했다.

그리고 자신도 배 위로 오르려다 느닷없이 들이친 파도에 휩쓸렸다.

그렇게 사고 아닌 사고를 당한 뒤, 뒤바뀐 해류로 인해 바닷속 깊이 빨려 들어갔다.

마치 폭포수 아래 와류에 빠진 느낌이었다.

넓은 바다에서 그런 해류가 있다는 것은 들어 보지도 못했는데, 사람을 구하다 힘이 풀려 버려 와류에 저항도 못 하고 바다 깊이 들어갔다.

분명 자신이 정신을 잃기 전의 마지막 기억은 거기까지였다.

와류에 휩쓸려 끌려가는 와중에도 그것에서 벗어나기 위해 저항도 해 보았지만, 그럴수록 숨을 쉬는 것만 힘들고 소용이 없었다.

아니, 물속이다 보니 더욱 힘만 빠지고 호흡이 가빠졌다.

그러다 어느덧 깨어 보니 전혀 상상도 못 한 공간에

있었다.

분명 바다 밑으로 끌려 들어가는 것이 마지막이었는데, 이곳은 바다가 아니었다.

인간의, 아니, 어쩌면 고대 문명의 어떤 지점일지도 모를 공간에 수호는 당황했다.

자신이 어디 있는지는 알 수 없었지만, 누군가에 의해 구조되고 또 치료를 받고 있었음은 알 수 있었다.

"여긴 어디야?"

사고를 당하기 전까지만 해도 삶에 대해 자포자기하고 있었지만, 수호는 현재 자신의 처지를 알기 위해 주변을 경계하며 살폈다.

위잉—

"깨어났군."

'헉.'

느닷없이 들린 누군가의 목소리에 수호는 깜짝 놀랐다.

'기척도 없이 어디서 나타난 거지?'

아무리 몇 개월을 자포자기의 폐인처럼 지냈다 해도 자신은 특수 대원으로 실전을 경험했다.

그러다 보니 본능적으로 이상한 공간과 낯선 인물의 등장에 긴장하고 경계심을 보였다.

본능이 깨어나면서 상대에 대한 역량을 살폈다.

자신과 상대의 역량을 알아야 대적을 할지, 아니면 기회를 보아 이곳을 탈출할지 판단할 수 있기 때문이었다.

한편, 상대가 자신을 죽이려고 마음만 먹었다면 아마 자신은 상대를 느끼지도 못 하고 죽음을 맞이했을 것이다.

상대는 전혀 자신이 인식하지 못한 상태에서 말을 걸었기 때문이다.

거기까지 생각이 미치자 수호는 간담이 서늘해졌다.

스윽.

수호는 신경을 곤두세우고 목소리가 들린 방향으로 조심스럽게 몸을 돌렸다.

'헉.'

몸을 돌리며 상대를 확인한 수호는 깜짝 놀랐다.

그곳에는 자신보다 배는 되어 보이는 거인이 서 있었기 때문이다.

그리 크다고는 할 수 없지만 수호는 178센티미터의 작지 않은 키였다.

그런 자신보다 훨씬 커다란 덩치의 사내는 키만 큰 것이 아닌 머리, 몸통, 손과 발 등 모든 것이 컸다.

예를 들어, 팔뚝의 굵기만 해도 성인 여성의 허리 사이즈만 하게 보였다.

'설마 동화 속 거인이 실제로 존재한단 말이야?'

두 눈으로 보면서도 믿기지 않았다.

신화나 전설 혹은 소설에나 등장하는 거인이 실제로 자신의 눈앞에 보였기 때문이다.

아무리 자신이 특전사 출신이라 해도 저 굵고 강인한 주먹에 한 방만 맞으면 골로 갈 것 같았다.

아니, 황소도 한 방에 잡을 수 있을 것 같은 거인의 신체를 보면서 수호는 긴장해야 했다.

"너무 긴장할 것 없다. 지금부터 날 소개하지."

자신을 경계하는 수호에게 거인이 이야기를 시작했다.

"내 이름은 프르그슈탈이라고 한다."

이름을 말하는 것은 기본이었기에 프르그슈탈은 자신의 이름을 수호에게 들려주었다.

"아마도 네가 깨어났을 즈음이면 난 지구가 아닌 내 고향 별이 있는 오리온자리 베텔기우스가 있는 곳으로 날아가고 있을 거야."

자신에 대해 설명하면서도 무슨 할 말이 그리 많은지 수호가 궁금해하는 것보다 자신의 신변잡기에 관한 이야기가 많았다.

수호는 이렇듯 중요하지 않은 신변에 대한 건 관심을 갖지 않았지만 이야기가 계속될수록 그의 심신은 점점 안정을 찾아갔다.

그의 이야기를 들어 보니 눈앞에 있는 것은 실체가 아닌 홀로그램이라는 것임을 알게 되었다.

또 자신이 죽음의 순간에서 살아날 수 있던 건, 오래전 지구에 온 외계인이 지구를 떠나기 전에 변덕을 부려서란 것도 알게 되었다.

뿐만 아니라 신체가 조작되었다는 사실 역시 알게 되었다.

여기서 중요한 것은 프르그슈탈이란 외계인에게 신체 개조를 당했다는 것이 아니라는 사실이었다.

프르그슈탈로부터 이러한 이야기를 들은 수호는 생각하였다.

'와, 지구인에게 그런 비밀이 있었다니…….'

외계인에게 들은 이야기는 충격적이었지만, 그리 큰 관심을 쏟을 만한 이야기는 아니었다.

하지만 또 다른 이야기는 수호가 저도 모르는 사이, 입가에 미소가 걸렸다는 점이다.

사실 얼마 전까지만 해도 수호는 자신의 인생을 낙담했다.

그도 그럴 것이, 수호의 집안은 대한민국에서 흔히 말하는 재벌은 아니라도 상위 10%에 들어갈 정도로 부자였다.

흔히 말하는 금수저는 되지 않아도 은수저 정도는 되는 집안이었다.

그렇지만 불행하게도 수호는 온전한 은수저가 아닌 은도금 수저였다.

즉, 본가가 아닌 방계 혈족인 것이다.

그러다 보니 뛰어난 재능을 활짝 피우기도 전에 그만 자신의 한계를 알게 되었다.

그 때문에 어릴 적에는 사고도 많이 쳤고, 그로 인해 집안 어른들의 눈 밖에 나고 말았다.

그래서 강제로 군에 자원입대를 하게 되었다.

이것이 수호의 인생에 전환점이 되었다.

오히려 군대가 수호의 적성에 맞아 장기 지원을 했던 것이다.

삶은 풍족했지만 태생의 한계로 인생의 목표를 잃고 방황하던 학창 시절과 군대는 달라도 너무 달랐다.

태생에서 오는 한계가 없다는 것이 군에 대한 만족도를 높였다.

그것이 일반 병과가 아닌 특수부대인 특전사 부사관으로 장기 지원을 하는 계기가 되었다.

험지를 달리고 표적에 총을 쏘는 것은 수호에게 있어 그 어떤 놀이보다 흥분케 했다.

인간이 처할 수 있는 최악의 상황을 상정해 실전과도

같은 위험한 훈련을 할 때면 아드레날린이 폭발할 것만 같았다.

실제로 수호는 특전사에서 훈련을 받고 실전에 투입되면서 죽을 고비도 수차례 경험하였다.

긴장감과 압박감, 그리고 조그만 실수로도 죽을 수 있다는 공포가 강하면 강할수록 수호에게는 마약과도 같은 쾌감을 선사했다.

그러다 보니 다른 부대원들은 마지못해 참여하는 것에 반해, 수호는 앞장서서 적극적으로 작전에 임했다.

그러한 것이 상관의 눈에 띄어 진급도 다른 동기들에 비해 빨랐고, 훈장도 받을 수 있었다.

그것은 집안의 도움이 아닌 100% 자신의 능력으로만 이룩한 것이기에 수호는 그 어떤 직업보다 직업 군인으로서 만족하였다.

하지만 화무십일홍이라 했는가.

계속해서 잘나갈 것만 같았던 수호의 군 생활이 단번에 끝나고 말았다.

자신이 주둔하고 있는 부대 근처에 테러범들의 훈련 캠프가 있다는 첩보를 듣고 그곳을 정리하라는 임무가 내려왔다.

물론 수호도 그 작전에 지원했다.

인간이 인간을 죽이는 일은 분명 잘못된 행동이지만,

군인이 무고한 사람을 죽이는 테러범들을 막는 것은 죄 없는 희생자를 더 많이 줄이는 일이기에 전혀 거리낌이 없었다.

부대 상관은 너무 위험한 작전이니 빠져도 좋다고 말하였지만, 수호는 그 작전에 자원하였고 작전 중에 치명상을 입고 말았다.

생명에는 지장이 없었지만 그 부상으로 인해 더 이상 특전사 대원으로서의 가치를 상실했던 것이다.

부상에서 회복되었어도 수호는 더 이상 부대에 있을 수가 없었다.

특전사로서 갖춰야 할 조건은 무수히 많다.

그중 가장 기본이 되는 것이 강인한 체력이었다.

다른 것은 반복된 훈련으로 커버가 가능했지만 장기 손상으로 인한 체력 저하는 더 이상 극복할 수 없는 한계였다.

수호는 어쩔 수 없이 부대를 나올 수밖에 없었다.

하지만 그를 절망에 빠뜨린 결정적인 원인은 다른 데 있었다.

군대에 자원입대를 하고 또 거기에 특전사로 장기 지원하여 나라에 충성을 다하였다.

그런데 그런 군대에서 배신을 당하고 말았다.

너무도 황당한 것은, 인터넷상에서 대한민국 군대를

조롱하던 글이 설마 자신의 이야기가 될 줄은 상상도 못 했던 일이다.

[입대할 땐 나라의 아들, 부상을 당하면 느그 아들, 죽으면 누구세요?]

어처구니없는 글이었다.

설마 사실일까.

그저 누군가가 웃자고 한 유머라 여기고 넘겼다.

그런데 설마가 사람을 잡는다고, 그 이야기가 자신의 이야기가 될 줄을 수호는 군에 입대할 때까지, 아니, 작전에 나갔다가 부상을 당한 직후에도 예상치 못했다.

일반 사병도 아니고 특전사라는 특수병과 군인이었다.

그것도 국익을 위해 해외 파병까지 나갔다가 부상을 당했다.

그런데 시설이 열악해 군에서 치료할 수 없으니 나가서 치료를 받았다.

국군 병원의 시설이 열악해 더 좋은 병원에서 수술을 받고 요양까지 하였다.

작전 중 부상을 당했으니 당연히 국가에서 치료해 주겠지 하는 생각을 하고 치료비 걱정 없이 편한 마음으로 회복에만 전념했었다.

하지만 수호가 회복한 후 군에 복귀하여 듣게 된 이야기는 너무 황당하기만 했다.

작전 중 부상을 당했는데, 치료비의 전액이 아닌 일부만 지원을 한다는 것이 아닌가.

너무도 어처구니가 없어 그 이유를 물었다.

그러자 군에서 답변하길, 군이 지정한 병원이 아닌 일반 병원에서 치료를 받았기 때문이란다.

이것이 한때 자신의 천직이 군인이라 여겼던 수호에게 배신으로 다가왔던 것이다.

다행히 집안에서는 어릴 때 망나니짓만 하던 놈이 군대에 입대한 후론 정신을 차렸다는 이유로 치료비 전액을 내주었다.

그렇지만 수호에게는 치료비가 해결되고 아니고의 문제가 아니었다.

그동안 믿어 왔던 것에 대한 배신이 가장 크게 작용했기 때문이다.

그 때문에 치료가 완료되고 퇴원한 뒤에도 수호는 마음을 잡지 못하고 방황해야 했다.

물론 그렇다고 해서 어릴 때처럼 사고를 치고 다녔다는 소리는 아니다.

그와 반대로 수호는 은둔 생활을 선택했다.

어려서 그와 비슷한 상황에 닥쳤을 때는 군대라는 길이 있어 피할 수 있었다.

하지만 그 도피처였고 최고의 가치였던 군대에서 배신을 당한 지금, 수호는 상실감으로 인한 사회와의 격리를 자발적으로 했던 것이다.

그런 수호의 모습에 처음에는 좋지 않게 생각하시던 큰아버지도 사건의 내막을 듣게 된 뒤로 마음을 바꾸었다.

그 일환으로 수호의 마음을 위로하기 위해 해외여행을 보내기로 한 것이다.

자신의 막내아들과 그 친구들의 군대 입대 전, 함께 여행을 간다는 것에 보호자 겸 수호를 함께 보냈던 것이다.

큰아버지 딴에는 기분 전환을 하면서 앞으로 인생을 생각해 보라는 취지였겠지만 수호에게는 그런 큰아버지의 마음을 생각할 여유가 없었다.

사촌 동생과 그 친구들이 필리핀까지 여행을 같이 왔지만 수호는 언제나 겉돌기만 했다.

믿음에 대한 배신으로 인한 목표의 상실은 그에게 삶의 의지도 약하게 만들었던 듯싶다.

그렇지만 큰아버지가 그에게 준 임무는 잊지 않았다.

습관이 무서운 것이라고 자포자기를 한 상태에서도

그것만은 잊지 않고 잘 보호하였다.

그러던 중 사고가 발생하자 본능적으로 바다에 뛰어들었다.

자신이 위험해질 수도 있다는 것을 모르고 말이다.

그러다 다른 사람을 구하고 자신은 조난을 당해 죽을 위기에 처해 있었다.

아니, 힘이 빠져 와류에 휩쓸렸을 때만 해도 죽었다고 생각했다.

그런데 깨어나 보니 외계인에게 구함을 받았다.

뿐만 아니라 특별한 능력도 얻게 되었다. 물론 외계인도 자신이 어떤 능력을 가지게 되었는지는 알 수 없다고 했다.

지구인의 유전자에 대한 정확한 정보는 월등한 과학 문명을 이룩한 자신들이라도 명확하게 밝혀 내지 못했다는 것이다.

그리고 지구인들 중 몇 명은 자신을 만나 수호와 같은 유전자 치료를 받고 능력을 각성하였지만 그들이 보여 준 능력은 천차만별이었단다.

또 이런 능력들이 하루아침에 생겨날 수도 있고, 또 갖은 노력 끝에 각성할 수도 있다고 하였다.

하지만 이를 들은 수호는 그런 초능력이 없더라도 상관없을 듯했다.

한 번 죽을 위기에서 살아나니 삶에 대한 강한 욕구
가 솟아났다.

더욱이 지금 느껴지는 신체 능력만 해도 이전과 다르
게 자신감이 충만해졌다.

꽉.

주먹을 불끈 쥐어 본 수호는 손아귀에서 자갈이라도
바스러뜨릴 것만 같은 힘이 느껴졌다.

양손을 쥐어 보고 또 복싱 선수처럼 양손으로 원투
잽과 스트레이트를 질러 보기도 했다.

다다다다.

양팔에 이어 이번에는 좁은 공간에서 달리기를 해 보
았다.

좁은 공간이다 보니 100미터 달리기처럼 보폭을 크게
해 달리지는 못하지만 무릎을 높이 올리며 짧은 보폭으
로 빠르게 손발을 바꾸며 달려 보았다.

휙휙.

수호가 손발을 휘저을 때마다 대기가 울리는 듯 바람
소리가 들렸다.

이는 자신의 신체가 최고조로 단련되었을 때보다 더
욱 월등함을 나타냈다.

'좋아.'

프르그슈탈은 초능력 각성에 대해 언급했지만 수호는

그런 것에는 관심이 없었다.

전설이나 신화 혹은 판타지에 심취하거나 미국식 코믹스에 나오는 슈퍼 히어로를 동경했다면 그렇지 않았을 것이다.

하지만 수호는 그런 것에는 전혀 관심이 없었다.

그저 자신의 일에, 자신의 앞날에 대한 설계에만 관심이 있을 뿐이었다.

그렇기에 어린 시절 잘생긴 외모와 뛰어난 머리로 무리를 지어 다녔고, 자신의 미래를 꿈꿨었다.

그렇지만 방계 혈족이란 굴레에 묶여 이를 벗어날 수 없다는 사실을 알았을 땐 절망했고, 반항심에 엇나가기도 했다.

그러다 새로운 길을 알게 된 후로는 집안을 떠나 홀로서기를 했다.

하지만 그것도 수호의 길은 아니었다.

전부라 믿었던 직업 군인의 길도 이미 기득권들의 터전이었던 것이다.

그들 외의 다른 존재들은 그저 시스템을 돌아가게 만드는 부속일 뿐이었다.

이러한 사실을 깨닫는 것은 그리 오래 걸리지 않았다.

물론 그것을 깨닫고 적당한 선에서 멈췄어야 했지만,

이미 맛을 알게 된 수호는 무리해 자신을 증명하려 했고, 그 대가를 치렀다.

그래서 은둔하고 사회와 멀어지려 했는데, 운명은 수호를 가만두지 않았다.

죽어야 할 팔자에서 외계인을 만나 그의 변덕으로 목숨을 연명하게 되었다.

뿐만 아니라 육체의 한계를 벗어난 존재가 되었다.

미식축구의 라인맨보다 더욱 단단하고, 100미터 육상 선수보다 훨씬 빠르며, 높이뛰기 선수보다 더 높이 뛸 수 있고, 마라톤 선수보다 더 빠르고 오래 달릴 수도 있었다.

수호가 이렇게 향상된 자신의 신체 능력에 심취되어 있을 때, 프르그슈탈의 이야기는 계속되었다.

"마지막으로 다른 선물도 주지."

프르그슈탈은 지구에서의 생활이 마지막이라는 생각에 수호에게 또 다른 선물을 준비했다.

바로 외계인의 필수품이라 할 수 있는 슬레이브였다.

하인이란 이름의 슬레이브처럼 외계인에게 손발이 되어 준 존재가 바로 인공 지능 생명체인 슬레이브인 것이다.

슬레이브는 여러 형태가 있는데, 주인의 취향에 따라 목걸이 형태가 될 수도 있고, 또 손목에 차는 브레슬릿이나 옷 위에 꽂는 브로치 형태도 될 수 있었다.

수호는 프르그슈탈의 말에 하던 것을 멈추고 그가 가리킨 곳에서 아이 주먹만 한 금속 구슬을 보았다.

"이것이 그 슬레이브라는 것인가."

은회색의 완벽한 금속 구의 슬레이브를 들어 보며 중얼거렸다.

— 안녕하십니까?

금속 구에 손을 가져다 대니 그것에서 머릿속으로 목소리가 흘러들었다.

— 전 제조 넘버 e—999—1004—a360이라고 합니다. 저를 사용하시려면 마스터 인증이 필요합니다.

어떤 방식으로 말할 수 있는지, 또 자신이 들을 수 있는지는 모르겠지만 확실하게 들렸다.

"지, 지금 네가 말하는 것인가?"

금속 구가 말하자 당황한 수호가 말을 더듬으며 물었다.

— 그렇습니다. 전 제조 넘버 e—999—1004—a360이라고 합니다. 계속해서 대화하려면 마스터 인증이 필요합니다. 인증하시겠습니까?

슬레이브라고 말하는 금속 구의 계속된 재촉에 수호는 마스터 인증을 하기로 하였다.

어차피 조금 전에 외계인으로부터 자신의 선물이라고

들었기 때문에, 마스터 인증을 하지 않을 이유가 굳이 없었다.

— 등록되었습니다. 무엇이 궁금하십니까?

슬레이브에게 무엇을 물어야 할까.

궁리하던 수호가 슬레이브란 무엇인지를 묻기로 하였다.

상대를 알아야 어떤 것을 시킬 것인지 용도를 알 것 아닌가.

— 슬레이브란 은하연방 표준 인공 지능 금속 생명체를 통합해 부르는 명칭입니다.

e—999—1004—a360의 설명에 수호는 자신이 인지할 수 있는 범위 내에서 판단하길, 슬레이브란 인공 지능 컴퓨터와 비슷하다는 결론을 내렸다.

다만 형태가 컴퓨터와 전혀 다르게 생겼기에 지금으로서는 그 기능이 무엇인지 짐작할 수도 없었다.

"널 어떻게 사용해야 할지 지금으로선 갈피를 잡을 수가 없는데……."

큰 구슬 형태의 e—999—1004—a360를 보면서 수호는 어떻게 이것을 밖으로 가져갈지도 고민되었다.

현재 그가 걸친 것이라곤 배에서 입고 있던 반바지 하나뿐이었기 때문이다.

수류류류!

지름이 1미터 정도 되는 구멍에서 검은 물결이 소용돌이치고 있었다.

수호는 자신이 나왔다고 들은 그 구멍을 들여다보며 고민하였다.

'여기가 이곳에서 나갈 유일한 탈출구란 말이지!'

이곳 해저 동굴에서 빠져나갈 곳이기에 수호는 많은 것을 조사하였다.

숨을 쉴 수 있는 것을 보면 어딘가 공기가 통하는 구멍이 있을 것 같아 그것을 찾아보았다.

역시나 예상은 맞았다.

하지만 바람이 스며드는 곳은 인간의 몸이 뚫고 나갈 수 없는 아주 미세한 풍혈(風穴)이었다.

풍혈이라도 적당한 강도의 암석이라면 강화된 신체를 이용해 시간이 걸리더라도 뚫고 나갔을 것이지만 너무도 단단했다.

쇠로 된 도구가 없다면 뚫을 수도 없었다.

또 있다 한들 어느 세월에 뚫고 나간단 말인가.

그러다 보니 어쩔 수 없이 공기가 들어오는 풍혈은 포기하고 다른 쪽을 찾았다.

그렇게 찾은 곳이 바로 자신이 이곳 해저 동굴로 들어왔을 것으로 추정되는 구멍이었다.

화산 활동으로 인해 생성된 작은 틈.

지상에서 풍혈을 통해 들어오는 공기와 바닷물의 균형이 맞아 물이 유입되지 않고 있는 특이한 지형이었다.

하지만 간간이 무언가를 토해 내는 경우도 있다고 들었다.

물론 이곳을 통해서 빠져나간다는 것도 쉬운 일은 아닐 터였다.

몸이 통과는 하겠지만 수압을 견뎌야 하는 문제가 있었다.

다행히 신체가 유전자 조작으로 월등해졌기에 수압은 문제가 안 되었다.

더욱 큰 문제는 바로 빠져나갈 때가지, 즉 바다를 통해 해수면 위로 나갈 때까지 숨을 참을 수 있냐는 점이었다.

그런데 이건 선택의 여지가 없었다.

자신을 구해 주고 떠난 외계인이 먹을 식량을 두지 않았기에 사실 이곳에서 버틸 수 있는 시간은 길어야 보름 정도였다.

그러니 어떻게든 이곳을 탈출하여 사람이 살 수 있는

곳으로 나가야만 했다.

"후, 슬레인. 잘 부탁한다."

수호가 누구에게 말하는 것인지 중얼거렸다.

[걱정하시지 마십시오. 주인님.]

슬레인은 바로 외계인인 프르그슈탈이 주고 간 인공지능 생명체 e—999—1004—a360이었다.

부르기 불편한 코드 넘버 대신 수호는 슬레이브에서 힌트를 얻어 이름을 슬레인이라 불렀다.

자신의 이름이 정해지자 슬레인은 조금 더 명확한 사고를 하기 시작했다.

다만 아쉬운 것은 슬레인이 가지고 있는 정보가 그리 많지 않다는 점이었다.

아주 기본적인 기능들에 대한 정보 외에는 정말 아무것도 없었다.

프르그슈탈에게서 이야기를 듣기는 했지만 외계 문명의 기술에 대한 것은 진짜 전혀 없었다.

컴퓨터로 치면 기본 운용 프로그램만 깔려 있고, 응용 프로그램은 없는 것과 마찬가지였다.

다행히 이곳을 빠져나갈 때 길잡이가 되어 줄 정도의 기능은 있었기에 수호는 이곳 혈(穴)을 탈출구로 택하였다.

만약 그런 기능도 없었다면 차라리 시간이 걸리더라

울트라 코리아

도 풍혈 쪽으로 탈출로를 잡았을 것이다.

"후, 간다."

풍덩!

아무도 없었지만 수호는 각오를 다지듯 소리치며 회오리바람 구멍으로 뛰어들었다.

2. 구조

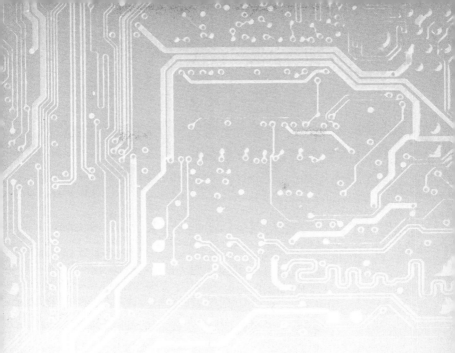

구름 한 점 없는 푸른 하늘.

잔잔한 파도와 그 위를 나는 이름 모를 바닷새.

그리고 넓은 바다에 덩그러니 놓여 있는 작은 섬.

퍽퍽.

평화로운 곳의 풍경과는 전혀 어울리지 않는 소성이 울려 퍼졌다.

"끄응."

더운 날씨에도 수호는 전혀 땀을 흘리지 않고 나무를 하는 중이었다.

그런 그의 입에서는 연신 힘들다는 신음이 작게 흘러

나왔다.

스윽.

흐르지도 않는 땀을 닦으며 잠시 하던 동작을 멈추더니 그가 맑은 하늘을 쳐다보았다.

무릎을 살짝 덮고 있는 조금 긴 반바지 차림에 상체는 아무것도 걸치고 있지 않은 상태였다.

그런데 노출된 상체의 모습은 마치 그리스 조각가들이 최고급 대리석을 조각해 놓은 듯 뽀얀 우윳빛을 띠고 있었다.

이런 태양광 아래에서 상체를 노출한 채 반바지만 걸치고 작업했다면 강렬한 자외선으로 인해 검게 그을려 있어야 함에도 불구하고 수호의 등이나 가슴은 전혀 그러한 흔적이 보이지 않았다.

"제길, 선물을 주려면 이런 것이 아니라 이곳에서 탈출하는데 도움이 될 칼이나 하나 주던가."

털썩.

수호는 마치 지쳤다는 듯 바닥에 주저앉으며 중얼거렸다.

[주인님, 아무런 도움을 드리지 못해 죄송합니다.]

수호의 한탄이 나오기 무섭게 어디선가 대답이 들려왔다.

지금 수호의 주변에는 사람의 그림자라고는 전혀 보

이지 않는데, 누군가가 있는 듯 목소리가 들렸다.

"아니, 너에게 한 소리가 아냐!"

자신에게 죄송하다며 사과하는 것에 수호는 얼른 아니란 대답을 하였다.

"네가 있는 것만으로도 난 정신적 안정을 취할 수 있어서 좋아."

사과하는 슬레인에게 수호는 급히 네가 있어서 좋다는 말을 하였다.

다만 현시점에서 사람이 살지 않는 무인도에서 아무 도구도 없이 탈출하려니 막막해 자조 섞인 말을 하게 되었다고 이야기했다.

수호가 그리 말하는 것은 미쳐서가 절대 아니었다.

수호가 아무도 없는 허공에 대고 이야기한 것은 외계 인이 주고 간 인공 지능 생명체인 슬레인과의 대화였 다.

외계인은 수호의 목숨을 구해 준 것뿐만이 아니라, 자신이 가진 최고도로 발전한 과학으로 유전자 조작을 통해 초능력까지 주었다.

현재 수호가 인지하고 있는 초능력은 초일류 스포츠 스타들이 가진 신체 능력을 몇 배나 초과한 엄청난 능력을 가지고 있을 정도였다.

사람을 구하려다 조난을 당해 걱정할 가족들과 친척

들에게 자신의 무사함을 알려야 한다는 생각뿐이었기에, 그 능력을 알아볼 생각을 하지 않았다.

그런 것은 나중에 정신적으로 여유가 생겼을 때 알아봐도 전혀 급할 것이 없었기 때문이다.

하지만 뛰어난 신체 능력이 있다고 해서 현재 있는 섬에서 빠져나가기란 결코 쉬운 일이 아니었다.

뛰어난 신체 능력에다 특수부대에 있으면서 익힌 생존 지식이라면 충분히 이곳보다 더한 오지라도 탈출할 수 있었을 터이다.

하지만 그것은 어디까지나 생존에 필요한 도구가 있을 때의 이야기이다.

인간은 도구가 있어야만 자연과 싸워 그것을 극복할 수 있는 것이다.

현재 수호가 가지고 있는 도구라고는 아무것도 없었다.

그저 섬 인근의 바다 밑 해저 동굴에서 빠져나올 때 외계인이 남기고 간 인공 지능 생명체인 슬레인이 전부였다.

슬레인은 인공 생명체이며 금속 생명체였다.

금속이기는 해도 단단한 쇠가 아닌, 액체의 성질을 띠는 수은처럼 부정형이라 현시점에서 수호에게는 전혀 도움이 되지 않았다.

그저 말을 할 수가 있어 수호가 심심하지 않게 말동무 정도의 역할 뿐.

아무리 뛰어난 인공 지능을 가지고 있어도 탈출에는 전혀 도움이 되지 않았다.

그러다 보니 수호가 해저 동굴에서 빠져나와 가장 먼저 한 것은 무인도에서 탈출하는데 도움을 줄 수 있는 도구를 만드는 일이었다.

원래라면 섬 주변을 살피며 식량과 물을 먼저 찾았을 것이지만, 해저 동굴에 남아 있던 외계인의 아지트에 섬에 대한 지도와 정보를 보았기에 그럴 필요가 없었다.

섬에 대해선 모든 것을 알고 있기에 굳이 직접 움직여 정보를 수집할 이유가 없기에 도구를 만드는 것이었다.

해변을 걸으며 뗀석기로 만들 적당한 크기의 돌을 주웠다,

그러곤 서로 부딪혀서 한쪽 날을 날카롭게 만든 뒤 그것을 다시 신석기 원주민들이 쓰던 간석기처럼 날 부위를 더욱 날카롭게 갈았다.

그렇게 간 돌을 섬에서 구한 나무 몽둥이와 연결하여 돌도끼를 만들었다.

사실 이런 원시적인 도구를 만드는 것은 현대인에게

결코 쉽지 않았다.

구석기, 신석기 시대 원주민의 삶을 체험하기 위한 각종 프로그램이 있어 만드는 방법은 알고 있었다.

하지만 이를 직접 해 보면 현대인의 신체는 오래전 원시인들에 비해 너무도 열악해 비슷하게 만드는 것만으로도 몇 시간은 훌쩍 지나간다.

그나마 수호는 외계인으로 인해 보통 사람을 월등히 초월한 신체 능력 때문에 몇 번의 실패 끝에 성공을 거두었다.

대단한 신체 능력에도 수호가 계속해서 실패했던 이유는 사실 갑자기 늘어난 힘 때문이었다.

해저 동굴에서 빠져나올 때는 인지하지 못했지만 육지에 올라 섬세한 작업을 하려니 그 조절이 쉽지 않았다.

하지만 인간은 적응의 동물이라고 했던가.

월등해진 신체 능력 이상으로 수호의 적응 능력 또한 보통 사람을 초월했다.

그러다 보니 익숙하지 않은 석기 제작은 몇 차례의 실패 끝에 훌륭하게 만들어졌다.

그렇지만 돌도끼는 역시 돌이라서 쇠로 된 도끼에 비해 성능이 그리 좋지는 못했다.

만약 수호가 보통 사람을 초월한 신체 능력이 없었더

라면 나무 하나 쓰러뜨리는 데도 많은 시간이 걸렸을 것이다.

그렇게 돌도끼 하나 만든 것만으로도 수호의 작업 속도는 몇 배로 빨라졌다.

처음 신체 능력만 믿고 그냥 맨몸으로 했을 때와는 작업 속도가 달랐다.

그런데 수호가 가장 먼저 만든 것은 섬을 탈출할 뗏목이 아니었다.

자신이 섬을 탈출할 때까지 사용할 거처였다.

섬에서의 탈출은 결코 간단치가 않았다.

수호가 있는 섬에서 가장 가까운 섬도 무려 50킬로미터가 넘었다.

모터보트가 있는 것도 아니고 뗏목을 만들어 가야 하는데, 이는 정말 어려운 일이었다.

그렇다 보니 섬을 탈출해 사람이 사는 유인도까지 가려면 충분한 계획을 가지고 차분하게 준비해야 했다.

그래서 섬에 있는 나무와 야자 잎과 바나나 잎을 이용해 작게나마 집도 만들고, 또 혹시나 인근에 배가 지나갈 수도 있으니 그때를 대비해 해변에 구조용 모닥불도 준비해 놓았다.

중요한 것은 나무가 물에 뜬다고 해서 무조건 뜨는 것이 아니다. 어떤 물체든 질량과 체적에 의한 비율이란 것이 있으니, 이를 비중이라 한다.

비중이 물보다 낮은 물체는 물에 뜨고 높으면 가라앉게 된다.

물론 나무는 물보다 비중이 낮기 때문에 뗏목을 만들면 바다에 뜨겠지만, 그 위에 사람이 올라간다거나 무언가를 얹게 되어도 무조건 뜬다고 장담할 수가 없다.

그도 그럴 것이, 생나무는 나무라 해도 수분을 머금고 있기에 무게의 질량이 높아 장시간 떠 있을 수 없게 된다.

그렇기 때문에 뗏목을 만들 때 나무를 말려 주는 과정이 필요하다.

아니면 부력을 높여 줄 다른 무언가가 있다면 도움이 될 것이다.

하지만 안타깝게도 수호가 있는 섬에는 뗏목을 바다에 장시간 띄워 줄 만한 어떤 보조 도구도 보이지 않았다.

오로지 100% 나무로만 뗏목을 만들어야 했다.

그래서 수호는 어쩔 수 없이 부피에 비해 질량이 낮은 나무를, 즉 부피는 크지만 가벼운 나무를 찾을 수밖에 없었다.

그러다 섬 깊숙이 있는 커다란 대나무 군락지를 찾아냈다.

지름이 10센티미터 이상 되는 대나무들이 수백 그루나 서식하는 군락지였다.

수호에게는 행운이었다.

대나무는 단단하면서도 속이 텅 비어 있어 그것을 엮어 뗏목을 만들면 다른 나무로 만든 뗏목보다 물에 잘 뜬다.

거기에 적당히 말려 주면 오랜 기간 바다 위에서도 가라앉지 않을 것이다.

그래서 이렇게 직접 만든 돌도끼를 들고 나무를 하고 있었지만 그도 쉽지 않았다.

대나무는 단단하면서도 탄력이 좋아 쇠로 된 칼보다 날카롭지 못한 돌도끼로는 쉽게 잘리지 않았기 때문이다.

그나마 체격에 비해 무지막지한 힘이 있어 다른 사람들에 비해 쉽게 작업을 하는 것이다.

'어.'

앉은 김에 쉬어 간다고, 작업을 하다 말고 바닥에 앉은 수호는 저 멀리 수평선에 시선을 주고 있었다.

그런데 바다를 멍하니 보던 그의 눈에 섬 근처로 빠르게 다가오는 물체가 보였다.

수평선 너머에서 접근하고 있는 것은 작은 배였다.

벌떡.

모터를 단 작은 배가 섬 인근으로 다가오는 것을 목격한 수호는 하던 작업을 중단하고 빠르게 해안가로 뛰어갔다.

　　타다다!

　　그러고는 집 앞에 피워 놓은 모닥불에 마른 야자수 잎 뭉치로 만든 홰에 불을 붙여 해변에 만들었던 구조용 모닥불에까지 붙였다.

　　구조용 모닥불은 순식간에 활활 타올랐다.

　　수호는 지금이 낮 시간이라 구조용 신호가 잘 보이게끔, 불붙은 모닥불 위에 생 나뭇잎을 쌓았다.

　　낮에는 불꽃보단 연기가 멀리서도 잘 보이기에 일부러 젖은 나뭇잎이나 나뭇가지를 넣어 연기를 피워 올렸던 것이다.

　　물론 밤에는 연기보단 불꽃이 멀리서도 보이기에 그럴 필요는 없지만, 지금은 낮이기에 연기가 필요했다.

　　"여기! 여기예요!"

　　수호는 자신이 표류한 섬 인근으로 접근하는 배를 보며 고함을 지르고 양손을 휘저으며 신호를 보냈다.

＊　　　＊　　　＊

　　신인 5인조 걸 그룹 플라워즈의 리더 혜윤.

그녀는 신인에게는 꿈도 꾸지 못할 유명 프로그램인 야생의 법칙에 출연하게 되었다.

어느 정도 인지도가 있어야만 출연할 수 있는 유명 프로그램에 아직 그 정도가 아님에도 혜윤이 출연을 하게 된 건 행운이었다.

1년에 수십 명의 아이돌 그룹이 데뷔를 한다.

그런 아이돌 그룹 중 살아남아 스타로 거듭나는 그룹은 손에 꼽을 정도다.

그러다 보니 대한민국 가요계에서 살아남기 위해선 어떻게든 그룹과 자신을 팬들에게 알려야 했다.

이것은 자신의 이름은 물론이고, 플라워즈라는 그룹명을 팬들에게 어필할 수 있는 절호의 기회였다.

야생의 법칙이 유명하기도 하지만 그만큼 힘들다는 것으로도 유명했다.

아주 간단한 생존 도구만 주고 야생에서 2주 동안 생존해야만 하기에 도심 속에서 매니저와 소속사의 관리를 받고 커 온 아이돌이나 연예인들이 정상적으로 생활한다는 것은 사실 불가능했다.

그렇지만 그러한 요소가 시청자들에게는 즐거움이나 관심으로 나타나기에 무명 아이돌이 이름을 알리는 데는 정말 좋은 프로그램이었다.

그러다 보니 야생의 법칙이 힘들고 때로는 사고도 발

생하는 힘든 예능이라 해도 대기자는 많았다.

여기서 촬영에 지장을 주게 된다면 어쩌면 배제가 될 수 있었고, 또 촬영하게 되더라도 통 편집이 될 수도 있었다.

그 때문에 혜윤은 컨디션이 좋지 못함에도 불구하고 참고 참으며 촬영에 임했다.

하지만 장시간 계속되는 배를 타고 이동하다 보니 뱃멀미가 심하게 올라왔다.

"욱!"

파도가 그리 심하지 않음에도 긴장했기 때문인지 헛구역질이 올라왔다.

"혜윤아, 괜찮아?"

아침에 호텔에서 출발하기 전부터 컨디션이 좋지 않은 혜윤을 보았던 김정만이 물었다.

대한민국 최고 예능인 중 한 명이자 야생의 법칙을 이끌어 가는 리더 김정만은 원활한 촬영을 위해 출연진들의 컨디션까지 면밀히 살폈다.

야생의 법칙은 첫 방송 이후 무려 10년이 넘어가는 장수 예능 프로그램이었다.

해외 제작이라 제작비도 많이 들고, 또 다수의 연예인이 출연하며 촬영지가 야생이다 보니 촬영이 쉽지 않았다.

그 말은 제작비가 보통의 방송 제작비를 훨씬 웃돈다는 의미다.

그럼에도 야생의 법칙은 장수 예능 프로그램 중에서도 손에 꼽을 정도로 인기가 높았다.

사실 중간에 사고도 있었고, 또 해외 촬영이다 보니 그 나라의 법을 잘 몰라 하마터면 촬영 도중 감옥에 갈 뻔도 했었다.

그럴 때면 방송 폐지 논란이 일기도 했지만 잘 수습되어 지금의 인기를 누리게 되었다.

그 과정까지 리더인 김정만의 노력은 이루 헤아릴 수조차 없다.

지금도 게스트 중 한 명인 혜윤의 컨디션이 좋지 않은 것을 파악하고 챙기는 중이었다.

"아닙니다. 멀미가 좀 있기는 하지만 참을 만해요."

어떻게 구한 자리인데, 뱃멀미 때문에 기회를 놓칠 수 없다는 생각에 혜윤은 억지로 힘을 내며 대답하였다.

"그래, 그럼 조금만 더 가면 생존지가 나올 테니 참아 보자."

김정만은 잠시 혜윤의 눈을 보며 그녀의 컨디션을 체크하였다.

'이거, 출발 전부터 상태가 좋지 않더니⋯ 결국 사달

이 났네.'

본격적인 촬영을 위해 로컬 항구에 도착하기 전부터 얼굴색이 창백했던 혜윤의 얼굴을 떠올리던 김정만은 조심스럽게 뱃머리에 앉아 있는 야생의 법칙 총괄 PD에 게 다가갔다.

"PD님!"

"네. 족장님. 무슨 일이시죠?"

야생의 법칙에서 촬영 중인 김정만의 역할은 족장이 었다.

"혜윤이 컨디션도 좋지 않고 너무 멀리 가 봐야 그림 이 거기서 거기인데, 여기서 가까운 곳에 생존 포인트 를 잡죠?"

초보나 데뷔한 지 몇 년 되지도 않은 사람이었다면 감히 하지 못할 말이었지만, 김정만은 방송에 데뷔한 지 20년이 넘어가는 베테랑이었다.

뿐만 아니라 야생의 법칙을 지금의 위치에 올린 입지 전적인 인물이다 보니, 아무리 총괄 PD라 해도 그의 말 을 쉽게 넘길 수는 없었다.

"아, 그래요."

김성찬 PD도 출발 전부터 혜윤의 컨디션을 보고받았 기에 상황은 이미 알고 있었다.

＊　　　＊　　　＊

"혜윤 씨, 괜찮아요?"

김성찬 PD가 선미 쪽에 앉아 있는 혜윤에게 다가가 물었다.

"네. 괜찮아…… 욱!"

대답을 하던 혜윤은 속에서 올라오는 구역질을 참지 못한 채 고개를 돌려 배 밖으로 고개를 내밀었다.

하지만 그녀의 입에서 나오는 것은 없었다.

이미 오는 동안 배 속에 있던 것을 모두 게워 냈기 때문이다.

"우욱!"

탁탁.

"혜윤아, 괜찮아?"

혜윤의 옆자리에 앉아 있던 선미가 얼른 그녀의 등을 두드려 주며 물었다.

이미 야생의 법칙에 몇 차례 참여해서 그런지 선미는 촬영을 전혀 힘들어하지 않고 마치 휴가를 즐기러 온 것처럼 꽤 자연스러웠다.

"이거 힘들어 보이네."

그걸 지켜보던 김성찬 PD가 작게 중얼거렸다.

"후, 이제 괜찮아진 것 같아요."

자신의 등을 두드려 주는 선배에게 미안해진 혜윤은 어느 정도 속이 시원해지는 것 같자 얼른 대답하고는 고개를 들었다.

그러자 저 멀리 이상한 것이 보였다.

"PD님! 이상한 뭔가가 보여요."

느닷없는 혜윤의 말에 김성찬 PD는 깜짝 놀랐다.

촬영 도중 구토를 하다 이상한 것이 보인다는 소리에 놀랐기 때문이다.

오래전 촬영하고 있던, 야생의 법칙과 비슷한 예능 프로그램 촬영 중에 게스트가 비슷한 말을 한 적이 있었단다.

물론 그 당시에는 김성찬이 방송국에 입사하기 아주 오래전이었지만 당시 촬영 팀은 이런 게스트의 말을 무시한 채 촬영을 감행했다.

촬영은 무사히 끝나고 한국으로 돌아왔다.

하지만 얼마 뒤 이상을 호소하던 게스트는 제때 치료를 받지 못하고 입국한 지 일주일 만에 뎅기열로 사망하고 말았다.

원칙대로라면 해외로 촬영을 나가기 한 달 전에 예방 접종을 하였겠지만 출연자가 급히 바뀌는 바람에 제때 하지 못했다.

차라리 촬영을 좀 뒤로 미뤘다면 아무 사고도 없었을

것이다.

방송국이 향토병인 뎅기열을 쉽게 본 것인지 보건부의 지침을 무시하고 뎅기열 백신이 제대로 활동하기도 전에 게스트를 열대 우림으로 데려가 촬영을 감행했다.

촬영 중간에 게스트가 한 말을 집중해 들었더라면 한 명의 생명이 꺼지는 걸 막을 수도 있었을 것이다.

하지만 안전 불감증에 빠져 있던 방송국으로 인해 그만 한 가정의 가장은 목숨을 잃었다.

이런 사건이 있었기에 10여 년이 지난 현재는 절대로 그런 사고를 그냥 넘기지 않았다.

해외 촬영을 갈 때는 미리미리 보건부의 세부 지침대로 예방 접종을 충실히 따랐다.

다만 혜윤은 원래 참가하기로 했던 게스트가 아닌 대타로 참여하는 것이라 예방 백신을 맞기는 했지만 하루 이틀 정도 시간 차가 있었다.

'윽.'

자신도 모르게 뒷목이 서늘해지는 느낌에 식은땀이 송골송골 맺혔다.

"뭐! 뭐가 보이는데, 혜윤아. 이상하게 보인다는 것이 뭐야?"

김성찬이 긴장된 목소리로 물었다.

그러자 그의 반응이 이상했는지 배에 타고 있던 사람

들의 모든 시선이 그에게 꽂혔다.

하지만 지금 김성찬의 머리에는 그런 것이 들어오지 않았다.

혹시나 무슨 큰 사고의 전조는 아닌가 하는 불안감만 가득했다.

"PD님! 저기 좀 보세요, 저기요."

"뭐, 뭐가 보인다는 거야?"

김성찬은 혜윤이 손가락으로 가리키는 곳을 쳐다보았다.

하지만 그의 눈에는 아무것도 보이지 않았다.

그저 푸른 바다 위에 섬 하나가 아스라이 보일 뿐이었다.

"저기 섬 말이에요."

혜윤은 자신이 가리키는 곳에서 아무것도 보지 못했다는 김성찬의 말에 다시 한번 섬을 가리키며 말했다.

"섬에서 연기가 나요."

"연기?"

연기라는 소리에 김성찬은 물론이고, 족장인 김정만도, 그리고 조금 전 혜윤의 등을 토닥여 주던 선미까지 혜윤이 가리킨 섬을 주시했다.

'어?'

김정만은 촬영이 아니더라도 해외에 나와 이렇게 오

지를 돌아다닌 경험이 있었다.

그러다 보니 지금 저기 멀리 보이는 섬에서 연기가 피어오르는 것이 인위적으로 피운 연기임을 깨달았다.

"저거 구조 신호 같은데!"

해난 구조사 자격증도 소지하고 있는 김정만이 섬에서 피어난 연기를 보며 소리쳤다.

"어. 그러고 보니 촬영 전 조사할 때, 이 근처에 사람이 살고 있는 섬은 없다고 했는데."

배 안에 있던 야생의 법칙 작가 중 한 명이 눈을 동그랗게 뜨며 소리쳤다.

"설마!"

배 안에 있던 사람들은 작가가 한 말에 다들 깜짝 놀랐다.

설마 그런 일이 가능할까 하는 생각이 들었던 것이다.

지금까지 야생의 법칙을 촬영한 지 10년이 넘었지만 현재의 이런 상황은 단 한 번도 없었다.

만약 자신들이 촬영하는 중, 바다에서 조난된 사람을 구조하는 장면을 촬영할 수 있다면 이것은 엄청난 기회였다.

조난자와 잘 협상하여 방송에 나가게만 된다면 시청률은 따 놓은 당상이나 마찬가지였다.

"가자!"

김성찬 PD는 본능적으로 연기가 피어오르는 섬으로 뱃머리를 돌리라고 소리쳤다.

*　　　*　　　*

'아.'

휘휙.

모닥불 옆에서 커다란 바나나 잎을 양손으로 휘두르며 신호를 하던 수호는 저 멀리 지나가던 배가 방향을 틀어 자신이 있는 쪽으로 접근하는 것을 바라보았다.

보통이라면 너무 멀어 그것이 눈에 잘 들어오지 않을 테지만, 외계인으로 인해 뛰어난 신체 능력을 갖게 된 수호에게는 모든 것이 다 보였다.

향상된 신체 능력에는 육체적 능력뿐만 아니라 시력도 포함되었기 때문이다.

시간이 지나면서 보트의 크기가 점점 커졌다.

거리가 가까워진다는 뜻이었고, 수호의 눈에 실제로 배에 많은 사람들이 타고 있는 게 보였다.

그 중에 자신을 보고 있는 사람들이 많았다.

'어.'

그런데 자세히 보니 눈에 익숙한 사람들이었다.

아직 멀어서 정확한 정체는 알 수 없었지만 이곳 동남아 사람들과 다르게 자신과 같은 동북아시아 사람으로 보였다.

그것도 일본은 아니고, 자신과 같은 한국인이거나 중국인이라 해도 동북쪽 사람과 비슷했다.

아니, 수호는 그들이 자신과 같은 한국 사람이라고 확신했다.

점점 다가오면서 드러나는 사람들의 윤곽이나 피부색, 그리고 무엇보다 입고 있는 옷들이 중국인들의 것보다 훨씬 세련되어 보였다.

더욱이 점점 다가오고 있는 배 위에 있는 사람들 중 자신조차 익숙한 얼굴이 하나 있었다.

나이를 떠나 군인들에게는 없어선 안 될 피로 회복제이자 꿈의 연인인 여자 아이돌이었다.

'나인걸스의 선미 아니야.'

지금은 해체했지만 수호가 입대하던 시기, 데뷔를 했던 나인걸스.

수호가 상병을 달았을 때에 나인걸스는 1티어는 아니어도 2티어 급 스타 아이돌 그룹이 되어 있었다.

수호가 기억하는 것은 당시 그가 있던 부대에 나인걸스가 위문 공연을 왔었기 때문이다.

입대 전에 연예인은 마음만 먹으면 충분히 만날 수

있었다.

돈이 많이 들기 때문에 다른 쪽으로 유흥을 즐기느라 연예인은 거들떠보지도 않았지만 군대에 있다 보니 수호도 다른 군인들과 같아졌다.

치마만 둘러도 눈이 돌아갈 판에 여자 아이돌이 위문 공연을 왔으니 어떻겠는가.

그날 위문 공연을 왔던 여자 아이돌은 그 인기와 상관없이 군인들에게는 최고의 스타들이었다.

그랬기에 수호도 나인걸스의 멤버 중 한 명이었던 선미의 얼굴을 기억하고 있었다.

비록 세월이 흘러 그때의 풋풋했던 모습은 사라졌지만, 연기자로 변신한 선미의 미모는 이제 물이 올라 완숙의 지경에 이르러 몇 킬로미터 밖에 있음에도 수호의 눈에 들어왔다.

두근두근.

아무리 미녀를 봐도 이런 적은 없었다.

그런데 상황이 상황이다 보니 감상적이 되었는지 자신도 모르게 심장이 크게 두근거렸다.

[주인님! 심장의 이상 박동이 느껴집니다. 안정을 취하십시오.]

수호가 감상에 젖어 심장이 뛴 것을 이상 신호로 받아들인 슬레인이 경고의 멘트를 날렸다.

"그런 것 아니야. 괜찮아!"

슬레인의 경고에 수호는 작게 미소 지으며 괜찮다고
대답하였다.

*　　　*　　　*

부우우우.

이제는 꽤 접근하여 모터보트에서 울리는 엔진 소리
가 들릴 정도로 가까워졌다.

원래라면 촬영의 총괄 책임자인 김성찬 PD가 나서야
했지만, 촬영 욕심에 김성찬은 야생의 법칙 족장인 김
정만에게 말을 걸어 보라는 권유를 했다.

총괄 PD의 말에 김정만은 어쩔 수 없이 소리쳤다.

"거기 괜찮아요?"

구조용 모닥불을 피우고, 커다란 바나나 잎을 든 채
신호를 보내던 사내를 보며 물었다.

"아, 아니요!"

며칠 만에 들어 보는 한국말에 수호는 감상에 빠져드
는 것을 억누르며 고함을 지르듯 대답하였다.

"도와주세요."

신체 능력이라면 배에 타고 있는 모든 사람들을 제압
하고 배를 뺏을 수도 있지만, 수호는 굳이 그럴 필요를
느끼지 못했다.

더욱이 배에는 자신도 잘 알고 있는 한국 연예인들이 많았다.

뿐만 아니라 이들은 무슨 촬영을 온 것인지 촬영 카메라로 지금 상황을 모두 촬영 중이었다.

"혹시 조난을 당하신 것입니까?"

김정만은 수호의 모습을 확인하고 혹시나 싶어 물었다.

분명 옆에 조난 구조용 모닥불이 피워져 있고, 조금 전까지 자신들이 접근할 때 양손을 엇갈려 구조 신호를 보내지 않았는가.

그런데 또 지금 보니 구조를 보낸 사람치고는 너무 말쑥해 판단하기가 헷갈렸다.

그래서 확인차 물었던 것이다.

"예, 조난당한 것 맞습니다. 도와주세요."

수호는 현재 자신이 처한 상황을 김정만을 비롯한 다른 이들에게 설명하였다.

시간이 얼마나 지난 것인지 모르겠지만, 자신은 사촌 동생과 그 친구들의 군대 입대 전, 위로 여행의 보호자 역할로 따라왔다가 사고를 당했다고 말하였다.

다행히 천우신조로 이곳 섬에 도착하여 간신히 살아났지만, 사고를 당할 당시 아무런 장비도 없이 해류에 휩쓸렸기에 도움이 절실하다고 말했다.

"와! 영화네, 영화!"

이야기를 모두 들은 사람들은 하나같이 그와 비슷한 말을 하였다.

정말이지 영화에나 나올 법한 사고를 당하고, 또 무인도에 혼자 갇혀 탈출을 위해 준비하는 과정이 한 편의 조난 영화를 보는 듯했다.

"어머, 여기 집 좀 봐!"

자신들이 예상했던 것처럼 수호가 조난을 당한 것이 맞고, 구조 요청을 하였다는 이야기를 듣자 야생의 법칙에 촬영차 왔던 사람들은 어느 정도 긴장이 풀렸는지 섬을 돌아보기 시작했다.

그러던 중 선미는 수호가 해변의 나무 그늘에 지어 놓은 오두막을 보며 탄성을 질렀다.

야생의 법칙에 출연하면서 족장인 김정만과 함께 여러 번 이와 비슷한 집을 지었던 경험이 있었다.

하지만 말이 집이지 지붕과 벽만 있고, 비와 바람을 막아 줄 정도의 허름한 움집일 뿐이었다.

그런데 지금 보고 있는 오두막은 사람이 살아도 될, 집이라 부르기에 충분했다.

더위와 습도, 그리고 혹시 모를 해충과 독사가 접근하지 못하게 지상에서 1미터 정도 띄워 기둥을 세우고 그 위에 바닥을 만들었다.

뿐만 아니라 출입문과 창문도 있어 통풍은 물론, 야생 짐승의 침입에도 대비되어 있는 것이 정말 훌륭했다.

더구나 집 안에는 대나무로 된 간이침대도 있고, 벽 한쪽에는 손질된 생선들이 걸려 있었다.

생선과 음료수 대용으로 야자열매도 다수 있는 것이 상당한 전문가 같았다.

"직업이 무엇이기에 이렇게 집도 잘 만들고, 또 식량도 준비가 완벽하게 되어 있어요?"

선미는 수호가 지어 놓은 오두막을 살피며 물었다.

"와, 이건 뭐 조난을 당한 것이 아니라 피서를 온 것 같은데!"

선미의 말에 급히 오두막을 확인한 김정만도 탄성을 지르며 소리쳤다.

"혹시 조금 전 도와 달라는 것은 농담?"

김정만이 입가에 미소를 지으며 물었다.

"하하, 그게…… 조난당한 것 맞습니다."

수호는 김정만이 농담하는 것을 잘 알기에 그저 웃으며 사정을 설명했다.

자신이 작년까지만 해도 대한민국 특수부대에 있었으며, 큰 부상을 당해 전역했다고 이야기하였다.

그런 수호의 말에 사람들은 다시 한번 깜짝 놀랐다.

겉으로 보기엔 그저 조각 같은 근육질의 완벽한 남자
라 생각했는데, 부상으로 군대를 예편한 직업 군인이었
다는 소리에 다들 의외였던 것이다.

3. 또 다른 인연

일주일 전, 필리핀에 몰아친 열대성 폭풍 때문에 조난을 당했다는 사람을 발견했다.

더욱이 조난을 당한 사람이 한국인이라는 것에 혜윤은 깜짝 놀랐다.

하지만 혜윤을 더욱 놀라게 한 사실은 그 사람이 너무 잘생겼다는 점이었다.

이제 갓 데뷔를 한 여자 신인 아이돌이라 스캔들에 관해선 회사로부터 엄격한 교육을 받았다.

자신 역시 성공을 위해 그동안 엄청난 노력을 해 왔으며, 여기서 만약 스캔들이 터진다면 자신은 물론이고, 그룹까지 영향이 미칠 걸 잘 알고 있었다.

그럼에도 너무 잘생긴 그 사람에게서 시선을 뗄 수 없었다.

그런데 그 남자에게 시선을 주는 이는 비단 자신뿐만이 아닌, 혜윤에게 대선배라 할 수 있는 선미도 있었다.

뿐만 아니라 여기 야생의 법칙 중 여성 스태프들은 기혼과 미혼을 가리지 않고 그 사람만 쳐다보았다.

그러했기에 자신이 남자에게 시선을 주고 있음에도 누구 하나 이상하게 생각하지 않았다.

'어떻게 저 얼굴이 30대야.'

혜윤은 속으로 생각했다.

여자 아이돌로서 지금까지 잘생겼다는 미남들을 수없이 보았다.

소속사에 있는 남자 아이돌 선배들부터 후배 연습생들, 그리고 방송국에 촬영을 가면서 보았던 미남 배우들까지.

비록 나이는 어리지만 100명 이상의 미남이라 불리는 연예인들을 보았다.

하지만 그중 어떤 미남 연예인도 저기 PD님, 김정만 선배와 이야기하고 있는 남자보다 잘생겼다 생각되지 않았다.

너무도 잘생긴 이성이 자신과 띠 동갑이라는 것에 혜

윤은 절망하면서도 시선을 돌리지 못하였다.

그런데 그런 생각을 하고 있는 사람은 비단 혜윤뿐만이 아니었다.

지금 이곳에 있는 여성들 대부분이 선뜻 수호와 이야기하지 못하는 것에 대한 변명거리를 머릿속에 떠올리며 안타까운 마음에 수호를 계속 주목 중이었다.

'하필 일찍 결혼을 해서…….'

'너무 멋있다. 분명 재벌가 사람일 거야. 난 안 되겠지.'

'소속사만 아니었으면 대시를 해 보는 건데!'

이제 아이돌은 아니었지만 소속사와 재계약한 지 겨우 한 달도 되지 않았다.

만약 여기서 스캔들이 터진다면 선미로서는 회사에 물어 줘야 할 위약금은 물론이고, 광고주들에게도 엄청난 위약금을 물어야 할 처지가 될 것임을 잘 알았다.

그 때문에 정말로 첫눈에 반할 정도로 잘생기고 호감이 가는 남자를 보았음에도 눈으로만 봐야 하는 것이 너무 안타까웠다.

한편, 섬에 들어온 여자들의 시선이 자신에게 쏠리고 있음을 알아도 수호는 전혀 신경 쓰지 않았다.

보통 사람이라면 여자 연예인이 아니더라도 이렇게 다수의 여성들에게 집중적인 시선을 받게 된다면 무언가 거북하다거나 하는 반응이 있을 터였다.

하지만 수호는 보통 사람이 아니었다.

아니, 예전의 군인이었을 때만 하더라도 그러했을 것이다.

그렇지만 부상을 당하고 은둔형 폐인으로 지내는 동안 이성에 대해선 신경 쓸 겨를이 없었다.

조난을 당해 외계인인 프르그슈탈에게 유전자 변형이 되면서 수호의 이성은 그 어느 때보다 단단해져 있었다.

그러니 야생의 법칙의 여성 작가들이나 혜윤과 선미처럼 아름다운 여자 연예인의 주시에도 주눅이 들지 않고 덤덤히 흘려 넘길 수 있었다.

"실례이지만 전화 좀 빌릴 수 있을까요?"

수호는 김성찬 PD를 보며 전화기를 빌려 달라고 부탁하였다.

이미 무전을 통해서, 마을에 남아 있는 방송 스태프들에게 연락하여 조난자를 발견했다는 이야기를 전했다.

그리고 그들은 한국 대사관에 연락하여 수호에 대해 신고한 상태다.

아마 몇 시간 뒤에는 대사관에서 사람이 오거나, 아니면 스태프 중 몇 명과 함께 항구로 가게 될 것이다.

그렇게 되면 시간이 조금 걸리겠지만 절차에 따라 결국 한국에 돌아갈 수 있다는 것을 수호도 알고 있었다.

하지만 그 시간 동안 자신을 걱정할 부모님이 생각나 우선 자신의 무사함을 알리기 위함이었다.

"아, 예. 여기!"

김성찬 PD는 수호의 부탁에 깜빡했다는 듯 자신의 휴대폰을 건네주려 했다.

수호에게 휴대폰을 건네기 전, 간단하게 패턴을 푸는 것도 잊지 않았다.

"감사합니다."

수호는 휴대폰을 흔쾌히 빌려 주는 김성찬 PD에게 감사 인사를 한 후 잠시 떨어져 전화를 걸었다.

가장 먼저 아버지에게 전화를 걸었다.

학창 시절 이후 별다른 대화가 없긴 했지만 자신이 군에 장기 지원을 한다고 했을 때, 가장 먼저 지지해 주셨다.

뿐만 아니라 자신이 부상을 당해 병원에 누워 있을 때, 조용히 눈물 흘리셨던 분도 아버지였다.

그랬기에 어머니보다 아버지의 얼굴이 먼저 떠올라 아버지에게 우선적으로 전화했던 것이다.

"여보세요."

짧은 연결음 뒤로 초췌한 아버지의 목소리가 들렸다.

"아버지, 저 수홉니다."

전화기 너머로 깜짝 놀라는 아버지의 모습이 여실히 그려졌다.

"저 무사합니다. 다행히 방송국 촬영 팀을 만나 조만간 집으로 돌아갈 수 있을 것 같습니다."

현재 자신의 사정을 자세히 설명하며 격앙되어 있는 아버지를 안심시켰다.

겉으로는 무뚝뚝한 분이지만 자신이 거친 해류에 휩쓸려 조난을 당했다는 소식을 듣고 얼마나 걱정을 많이 하셨을까.

억지로 사촌 동생의 보호자로 등 떠밀듯 보낸 것에 자신을 책망했을 것이 보지 않아도 눈에 선했다.

* * *

날이 밝았다.

하나밖에 없는 아들이 먼 외국에서 조난을 당해 실종되었다.

오늘로서 벌써 일주일이 흘렀다.

소식을 듣고 일도 손에 잡히지 않고, 집중이 되지 않아 뜬눈으로 보내길 몇 날 며칠이었다.

중간에 간간이 눈을 붙이기는 했지만, 그건 잠잔 것

같지도 않고 하루 종일 멍한 상태였다.

하지만 자신보다 아내의 상태가 더욱 심해 자신이라도 정신을 차려야 한다는 생각에 억지로 참았다.

[당신 때문이야. 왜 힘들어하는 아이를 억지로 그곳에 보내서…….]

수호가 사고를 당해 실종되었다는 연락을 받고 아내가 한 말이 지금도 생생히 떠올랐다.

밝아 오는 창밖을 보면 금방이라도 실종된 아들이 대문을 열고 들어올 것만 같았고, 계속 아들 생각에 집으로 들어오는 아들의 환영이 보이는 듯도 했다.

'이리될 줄 알았다면 좀 더 잘해 줄 것을…….'

조금 더 아들에게 잘해 주지 못한 것에 대한 후회만 반복할 뿐이었다.

똑똑.

끼익.

서제의 문이 열리며 초췌한 아내의 나지막한 목소리가 들렸다.

"당신 출근해야죠."

"미안, 당신 힘든데 혼자 두고 가서……."

자식이 실종되었는데도 자신은 회사에 출근해야 한다는 사실이 힘들었다.

그리고 혼자 집에 남아 있어야 하는 아내가 걱정되면

서도 미안했다.

"아니에요. 직장인이 개인의 사정을 생각할 수만은 없죠."

박은혜는 자신을 걱정하는 남편에게 괜찮다고 말하였다.

하지만 속마음은 그렇지 않았다. 아무리 사회생활이고 직장인이라 하지만 하나밖에 없는 자식이 실종되었다.

더욱이 남편의 회사는 가족 기업이었다.

회사 사장부터 주요 간부들 거의 대부분이 친인척들이다.

그런데도 조카가 혹은 사촌이 실종되었는데 위로는 못할망정 그 아비를 출근시키려 하냐고 따지고 싶었다.

속마음이야 야속하다 말하며 따지고 싶었지만 그러지 못했다.

어떻게 보면 그건 자신의 집안 문제였다.

친척들이 마음으로야 걱정해 줄 수 있지만 직장인으로서, 회사로서는 아무런 연이 없는 수호에 대한 걱정을 해 줄 이유가 없는 것이다.

그것이 친인척으로 구성된 가족 기업이라도 말이다.

공은 공이고, 사는 사이니 그것을 가지고 왈가왈부할 생각은 없었다.

단지, 실종된 아들이 무사히 돌아오기만 기다릴 뿐이었다.

깍깍깍깍.

"무슨 기쁜 소식이 오려는지 아침부터 까치가 우네."

걱정스러운 기운을 보이기 싫어, 말도 되지 않는 이야기를 했다.

"그래요. 좋은 소식이 왔으면 좋겠네요."

중현은 아내의 마음을 알기에 모르는 척 농담으로 받아넘겼다.

그렇게 이른 아침 힘겨움 속에서 아내가 차려 준 아침밥을 억지로 먹고 회사로 출근하였다.

그렇지만 역시나 일은 쉽게 손에 잡히지 않았다.

그나마 자신이 처리해야 할 일은 올라온 결재 서류를 검토하고 이상이 없으면 사인만 하면 되는 것이라 금방 마무리할 수 있었다.

답답한 마음에 창문을 열고 바람을 맞았다.

하지만 창을 통해 들어온 바람은 도시의 매연을 머금어서인지, 아니면 복잡한 심경 때문인지 시원함보단 답답함만 가중되었다.

그 때문에 나오는 것은 한숨뿐이었다.

"하."

답답함을 날려 버리려는 듯 크게 한숨을 쉬었지만 쉽

게 해소되지 않았다.

"젠장."

따르릉. 따르릉.

소리를 지르던 찰라 전화벨 소리가 울렸다.

"무슨 일이야!"

비서가 자신의 지시도 잊고 내선을 연결했던 것이다.

중현은 업무 처리를 마치고 잠시 생각을 정리하기 위해 잠시간 어떤 외부 연결도 하지 말라고 지시를 내려놓았다.

그런데 그런 자신의 지시를 무시하고 통화를 연결했기에 소리쳤던 것이다.

— 아드님께 온 전화입니다.

"뭐!"

비서에게서 너무도 뜻밖의 말이 들려왔다.

아들 수호의 실종 소식은 회사 내에도 알려진 상태다.

회사에 이름을 올린 것은 아니지만 가족 기업에서 오너 일가에 대한 소식은 빠르게 전파된다.

수호가 실종이 된 지 일주일.

그 시간이면 회사 내부는 물론이고, 지방에 있는 공장에도 소식이 전파되었을 것이다.

그런데 비서에게서 아들 수호가 전화를 했다는 말에

기분이 멍해졌다.

— 전무님, 수호 군에게서 통화가 가능한지 물어옵니다. 연결할까요?

"얼른 연결해!"

비서도 사정을 알고 있었다.

하지만 평소 자신의 언행 때문에 업무 중 사적인 전화는 연결하지 말라는 지시를 내려놓았었기에 물었던 것이다.

그렇지만 이런 때 보면 유능한 자신의 비서가 참으로 고지식하다는 생각이 들었다.

— 여보세요.

수화기 너머로 아들 수호의 목소리가 들렸다.

그러자 중현의 눈에서 눈물이 주르륵 흘렀다.

말로 표현은 하지 않았지만 누구보다 아들을 걱정했었다.

어려서는 사고만 치고 다닌다며 혼도 많이 냈다.

무척이나 똑똑하던 아들이 10대에 들어서고 중학교에 들어가면서부터 엇나가기 시작하더니 급기야 고등학교에 입학하고는 사고란 사고는 다 치고 다녔다.

그 때문에 한 번도 들지 않던 매도 들어 보고 용돈도 끊었었다.

하지만 머리가 커져서 그런지 아비의 마음도 모르고

더욱 사고만 쳤다.

그래서 아들 몰래 강제로 군대에 지원 입대를 시켰다.

그나마 다행인 건 군대에 보내 놓으니 처음에는 죽는다며 반항하다가 어느새 군대에 적응을 했는지 급기야 장기 지원까지 한다고 하였다.

사실 정신을 차린 듯하여 제대만 하면 회사에 자리하나를 만들어 입사시키려 했다.

물론 드라마에 나오듯, 처음부터 팀장이니 본부장이니 하는 관리직이 아닌 특채로 입사를 하려 했다.

하지만 수호는 사회가 아닌 직업 군인의 길을 택했다.

일반 직업 군인도 아닌 특수부대를 선택한 것은 너무나 의외였지만 적성에 맞는지 아무런 사고도 없이 잘하였다.

그런데 사고가 부지불식간에 오고 말았다.

작전 중에 총상을 입고 예편을 하게 되었다.

그때 돌아온 아들의 모습은 예전의 모습이 아닌 폐인이 되어 있었다.

뜻이 꺾인 선비의 모습이 그럴까?

아들의 눈에서는 생명의 빛이 전혀 없었다.

그런 아들을 억지로 떠밀어 사촌 동생의 보호자로 외

국에 보냈다.

지금에 와선 그런 자신의 선택을 후회하고 있다.

그 때문인지 수화기 너머로 들리는 아들의 목소리에 아무 말도 할 수 없었다.

— 아버지, 저 수홉니다.

"그래, 아비다. 무사한 것이냐? 어디 다친 곳은 없고?"

중현은 떨리는 목소리를 감추기 위해 억지로 목에 힘을 주며 말했다.

— 전 무사합니다. 다행히 방송국 촬영 팀을 만나 조만간 집으로 돌아갈 수 있을 것 같습니다.

오랜만에 들려온 아들의 목소리는 예전 특수부대에 있었을 때의 자신감이 넘쳐흘렀다.

"그래, 무사하다니 다행이다. 그리고……."

얼마 전 한국을 떠나보낼 때만 해도 삶을 포기한 폐인의 모습이라 그 어떤 말도 듣지 못했다.

그런데 무슨 일을 겪은 것인지 지금의 목소리에서는 자신만만함이 드러났다.

"다행이고, 네 엄마랑은 통화한 것이냐?"

아들의 살아 있는 목소리를 들은 중현은 오매불망 아들의 소식을 기다리는 아내의 얼굴이 떠올랐다.

— 먼저 아버지께 제가 무사하다는 것을 알려 드리려

고 다른 사람에게 전화를 빌려 소식 드리는 거예요.

수호가 자신에게 먼저 소식을 전한다는 말에 다시 한 번 심장이 울컥했다.

"엄마 걱정한다. 어서 전화해라!"

— 네. 알겠어요. 그럼 한국에 들어가서 봬요.

"알았다. 얼른 끊어라!"

아들과 통화를 마친 중현은 숨을 깊게 토해 냈다.

10년은 묵은 것 같던 가슴속 답답함이 한 번에 해소되는 것처럼 속이 후련했다.

"후우, 하하하."

통화를 마친 중현은 자신도 모르게 큰소리로 웃어 댔다.

덜컹.

"전무님, 무슨 일이십니까?"

느닷없는 웃음소리에 비서가 급히 문을 열고 들어왔지만 중현은 돌아보지 않고 아무것도 아니니 나가 보라는 듯 손을 흔들 뿐이었다.

*　　　　*　　　　*

— 엄마, 제 걱정은 하지 마시고 돌아가면 봬요.

어머니하고의 통화도 마쳤다.

역시나 어머니는 자신의 걱정 때문에 식음을 전폐하고 계셨다.

예전이라면 몰랐겠지만 이제는 목소리만 들어도 어머니가 어떤 심정인지, 건강은 어떤지 짐작할 수 있었다.

"휴."

부모님과 통화를 마치고 나자 안도의 한숨이 쉬어졌다.

어려서는 부모님이 가르치시는 것을 억압하고 자신을 통제하려는 것으로만 생각해 반항했었다.

그러다 군대에 들어가면서 그런 부모님의 간섭에서 벗어나 해방감을 느꼈다.

그래서 군대에 장기 지원을 했던 것이다.

그런데 부상을 당하면서 군대에서 쫓겨나듯 나오게 되자 낙심하고 사회에서 멀어지는 은둔을 택했다.

이때까지도 아버지와 어머니가 자신을 얼마나 걱정하고 있는지 알지 못했다.

그렇지만 이제는 안다.

프르그슈탈이란 외계인으로부터 신체를 개조당해 초인이 된 지금, 고민에서 벗어나다 보니 다른 것에 신경 쓸 수 있는 여유가 생겼다.

그때서야 자신 외의 다른 사람들에 대한 생각을 할 수 있었다.

가장 먼저는, 아버지와 어머니가 그동안 자신에게 해 주었던 이야기들이 사실은 억압이 아니란 것을 깨달았다.

그 모든 것이 하나라도 더 자신에게 주고 싶은 마음에 그런 것인데, 어린 마음에 자신에 대한 족쇄라고 느꼈던 것뿐이다.

그렇게 깨달은 지금 부모님께 연락을 해 안심시켜 드렸다.

그것이 도리였기에 수호는 문명과 다시 만나게 되면서 전화기를 빌려 두 분께 전화했던 것이다.

자신의 잘못을 깨닫고 가장 먼저 걱정하실 부모님께 안부를 전하고 나니 자신도 모르게 안도의 한숨이 쉬어지며 가슴을 쓸어내렸다.

그런 수호의 모습에 막 그에게 접근하던 김정만이 말을 걸었다.

"부모님께 전화하는 것 같던데, 걱정 많이 하시죠?"

부모님과 우여곡절이 많았던 김정만이기에 그가 조난을 당했고, 며칠 만에 사람을 만나 안부 전화를 드리고, 한숨을 쉬고 있는 것을 보며 예전 자신의 모습이 생각났던 것이다.

정만 자신도 전에 촬영을 대비해 연습하다가 큰 사고를 당한 적이 있었다.

당시 부모님이 걱정을 엄청 많이 하셨다.

아내도 있고 해서 병원에 간병인이 필요 없음에도 부모님은 매일 병원에 찾아오셔서 자식의 무사함을 비셨다.

그렇기에 정만은 조금 전 통화를 마치고 한숨을 쉬는 수호의 심정을 잘 알고 위로했던 것이다.

"네. 매번 사고나 치던 아들인데 참⋯⋯."

수호는 대답하면서도 옛 기억이 떠올라 씁쓸한 표정을 지었다.

"그래도 무사하다는 말을 전하니 안심하시죠."

"네."

김정만의 위로에 수호는 짧게 대답했다.

"그런데 무슨 일로."

수호는 잠시 뜸을 들이다 물었다.

무엇 때문에 김정만이 자신을 찾아온 것인지 알 수가 없었기 때문이다.

"네. 그것이⋯⋯. 시간이 되시면 저희 좀 도와주시지 않겠습니까?"

조금 전 통성명을 하면서 수호의 나이를 들었음에도 김정만은 자신보다 열 살이나 어린 수호에게 결코 낮춰 말하지 않았다.

"무슨⋯⋯."

느닷없이 도와줄 수 없냐는 김정만의 이야기에 수호
는 고개를 갸웃거렸다.

그도 그럴 것이, 여기서 자신이 이들을 도와줄 것이
무엇이 있다는 말인가.

자신이 현재 가진 것이라고는 조난당하기 전 입고 있
던 달랑 반바지 하나뿐인데 말이다.

"아니, 다른 것이 아니라 여기 만들어 놓으신 것을 보
니 생존 전문가이신 것 같은데, 저희에게 한 수 가르쳐
주실 수 없겠습니까?"

김정만은 수호를 보며 정중하게 부탁하였다.

자신도 10여 년간 야생의 법칙을 촬영하면서 수많은
생존 노하우를 가지고 있었다.

하지만 이 섬에 혼자 조난을 당했다고 하는 수호가
만들어 놓은 것을 확인한 뒤 김정만은 깨달았다.

앞에 있는 수호야말로 진정한 생존 전문가라는 것을
말이다.

10여 년 동안 야생의 법칙을 촬영하면서 김정만도 많
은 노력을 하고, 또 매 촬영 전에 생존 전문가라 알려진
사람들을 찾아가 배움을 청했다.

그 때문에 수많은 익스트림 스포츠 자격증도 가지고
있었다.

그렇지만 매번 느끼는 감상은 무엇인가 부족하다는

것이었다.

하지만 정확하게 어떤 것이 부족한지 알 수가 없어 스트레스를 자주 받았다.

그런데 조금 전 깨달았다.

자신에게 어떤 것이 부족한 것인지를 말이다.

"아니, 무슨 대단한 것을 알고 있지도 않은데……."

수호는 순간 당황했다.

자신에게 야생에서의 생존에 대해 알려 달라는 부탁을 하자 난감했기 때문이다.

그럴 만한 것이, 김정만 하면 대한민국에서도 손에 꼽을 정도로 야생 생존의 달인으로 알려진 사람이었다.

자신이 보기에도 그리 나빠 보이진 않았는데, 그런 사람이 가르쳐 달라고 하니 난처하기만 했다.

물론 특수부대에 있던 자신이 보기에 부족한 면이 보이지 않는 것은 아니다.

하지만 김정만이나 야생의 법칙에 출연하는 게스트들은 모두 일반인이고, 또 야생과는 동떨어진 생활을 하는 사람들이었다.

그런 사람들이 원시 부족민들처럼 하기를 바라는 것은 솔직히 욕심이었다.

그러한 측면에서 보면 김정만이나 야생의 법칙에 출연하고, 또 촬영하는 사람들은 수호의 입장에서는 일류는 아니어도 이류 정도 되는 실력을 가지고 있다고 할 수 있었다.

특히나 김정만의 경우 어설픈 전문가보다 더 나은 수준이었다.

"제가 보기에 족장님의 실력이면 다른 사람들을 직접 가르쳐도 될 것 같은데요? 굳이 제게……."

수호는 자신이 아니어도 김정만이 가르칠 자격이 충분할 것 같다고 말하였다.

"물론 제가 가르쳐 줄 수 있는 것도 있긴 한데…… 이번 야생의 법칙 미션이 원시 부족이거든요."

"원시 부족이요?"

"네. 그렇기 때문에 이번 기수는 기존의 출연자들과는 다르게 가지고 온 생존 도구를 사용하지 못하고 이곳에서 직접 제작하여 사용해야만 합니다. 그런데 보시다시피……."

김정만은 처연한 표정으로 수호를 보며 이야기하였다.

야생의 법칙도 예능이다 보니 출연자들에게 어느 정도 편의를 봐주었다.

하지만 매번 비슷한 장면이 계속해서 출연자만 바뀌며 방영되었다.

그러다 보니 야생의 법칙의 인기가 예전만 못하다는

글들이 올라오고 있었다.

뿐만 아니라 그 글이 사실이라는 것을 증명하듯 요즘 시청률도 점점 떨어지고 있어 김정만으로서는 고민이 아닐 수 없었다.

자신의 이름이 함께 걸리는 프로그램이다 보니 시청률은 그에게도 치명적으로 작용할 수밖에 없었다.

그러니 어떻게든 시청률을 높이기 위해 PD들과 회의를 하고 작가들과 아이디어를 주고받으며 노력하였다.

그러다 나온 내용이 언젠가 한 번 써먹었던 원시 체험이었다.

다만 사용했던 콘텐츠를 그대로 사용했다가는 또 다른 역풍을 맞을 우려가 있었다.

하지만 도리가 없어 현장에 와서 구상을 해 보자는 생각으로 여기에 왔다가 우연히 수호가 만들어 놓은 것들을 보게 되었다.

지금까지 야생의 법칙을 촬영하면서 단 한 번도 직접 도구를 만들어 볼 생각은 하지 못했다.

물론 시도는 해 보았지만 원시 체험관에서 이론으로 배운 것만으론, 아무것도 없는 상태에서 인간이 사용할 수 있을 만한 도구를 만든다는 것은 결코 쉬운 일이 아니다.

그런데 그런 것을 만들어 사용하는 사람을 직접 보게

되었다.

김정만은 10여 년 동안 야생의 법칙을 촬영하며 원시 부족들을 찾아가 생활도 함께해 보았지만, 사실 그들도 현대에 들어와서는 외부와 접촉하면서 많은 부분에서, 특히나 도구를 사용하는 것에서는 현대의 기술이 가미된 도구를 사용했다.

칼만 해도 대장간에서 만들어 낸 잘 제련된 철제품을 사용하지, 수호가 만든 것처럼 돌을 쪼개고 갈아서 만든 석기를 사용하지 않았다.

그런 점에서 수호의 가르침을 받아 자신들이 그런 것을 만들어 실제로 촬영하는 동안 사용을 한다면 멋진 그림이 나올 것 같았다.

"제발 부탁드립니다."

김정만은 간곡하게 청하며 고개를 숙였다.

자신보다 한참이나 나이가 많은 김정만의 그런 모습에 수호는 당황했다.

그러다 무슨 생각이 들었는지 흔쾌히 수락하였다.

어찌 되었든 이들은 자신에게 은인들이었다.

그런 은인이 부탁하니 도움을 주지 않을 수 없었다.

"알겠습니다. 그런데 제가 가르쳐 드린다고 해서 쉽게 할 수 있을지는 장담하지 못하겠습니다."

수호는 조금 걱정스러운 목소리로 김정만의 부탁을

수락했다.

"감사합니다."

김정만은 수호의 허락이 떨어지기 무섭게 곧바로 김성찬 PD를 찾아가 조금 전 수호와 이야기했던 부분을 그에게 말해 주었다.

"그게 정말입니까? 이거 잘만 하면 역대급을 찍을 수 있겠는데."

정말이지 이야기만 들어도 뭔가 확 끌어당기는 느낌을 받았다.

이것을 제대로만 카메라에 담을 수 있다면 시청률은 기대해 볼 만할 것이다.

"그럼, 일단 출연자들 모아서 이 이야길 전하고 준비 좀 하자고."

"OK!"

김성찬 PD와 이야기를 마친 김정만은 급히 출연자들에게 다가가 조금 전 이야기를 전달했다.

그사이 김성찬 PD도 그대로 촬영 팀을 모아 놓고 김정만과 했던 계획을 이야기하였다.

"와!"

한쪽에서 작은 환호성이 들려왔다.

한편, 수호는 조금 전에 김정만이 했던 부탁을 머릿속으로 떠올리고 있었다.

생존법을 알려 달라고 했는데, 그가 말한 생존 방법 중 자신만이 가르쳐 줄 수 있는 것이 무엇이 있을까 하는 고민을 해 보았다.

그러다 생각나는 게 도구 없이 생존해야 한다고 했으니, 아무것도 없는 상태에서 생존에 필요한 도구를 만드는 방법을 알려 주는 것이 좋겠다는 판단을 내렸다.

그리고 어떤 도구를 만드는 것이 좋을까 고민하다 자신이 만든 돌도끼와 야생에서 가장 필요한 불을 피울 수 있는 도구를 만드는 법을 알려 주기로 결심하였다.

그런데 야생의 법칙을 보면 원시적인 불을 피우는, 많은 방법이 나온다.

그렇기에 그런 방법이 아닌 새로운 것이 뭐가 있을까 고민해 보았다.

그러다 생각난 것이 디스크와 활대를 이용한 간편한 불 피우는 도구를 생각해 냈다.

사실 그와 비슷한 도구는 야생의 법칙에서 선보인 적이 있기는 했지만 그것보다 조금 더 진보된 형태의 불을 피우는 도구다.

*　　　　*　　　　*

"이게 정말로 불을 간편하게 피울 수 있는 도구가 맞

나요?"

선미는 고개를 갸웃거리며 지금 자신이 하고 있는 작업이 불을 피우는 도구를 만드는 게 맞는지 확신이 없어 물었다.

그녀는 야생의 법칙에 출연하면서 진흙을 가지고 불을 피운다는 이야기는 들어 본 적이 없었기 때문이다.

"네. 맞습니다. 이렇게 반죽한 진흙을 납작하게 해서 동그란 원판을 만드세요."

수호는 자신이 하는 일에 의문을 품는 선미에게 친절하게 설명하였다.

그렇게 수호의 가르침을 받은 선미는 그가 말한 대로 둥글납작한 원판을 만들었다.

"잘하셨습니다. 그리고 원판 가운데에 나뭇가지가 들어가야 하니 적당히 구멍을 내주세요. 잘했습니다."

마치 어린아이에게 설명하는 선생님처럼 수호는 친절했고, 그대로 따라 하면 칭찬을 아끼지 않았다.

수호의 칭찬을 받은 선미는 기분이 좋아졌는지 얼굴이 빨갛게 달아올랐다.

'아, 내가 저것을 만들었어야 했는데!'

스윽. 스윽.

한쪽에서 다른 출연자들과 함께 돌도끼를 만드는 작업을 하고 있는 혜윤은 수호가 선미와 함께 진흙을 반죽하고 있는 쪽을 힐끗 쳐다보며 부러워하였다.

"이제 이것은 그늘에 마르도록 놔두고 다른 작업을 하죠."

수호는 불을 피우기 위해 필요한 다른 부속을 만들려고 다음 작업으로 들어갔다.

설정이 원시였기에 아무런 도구도 사용할 수가 없어 불편했지만, 이미 며칠 전에 했던 작업이기에 그리 힘들지 않았다.

수호와 선미는 함께 숲으로 들어가 이리저리 주변을 살폈다.

그러다 손목 굵기의 나무를 확인하고는 대충 만든 돌칼로 밑의 부분을 내려찍었다.

그러고는 나무껍질을 벗기기 시작했다.

선미도 옆에서 수호가 하는 모습을 보고는 근처에 비슷한 나무를 찾아 수호와 똑같이 나무를 하였다.

"잘했습니다. 그리고 여기 벗겨 낸 껍질을 보면 안쪽 속껍질이 있을 거예요."

수호는 자신이 벗겨 낸 나무껍질을 보여 주며 설명하였다.

선미는 수호가 가르쳐 주는 대로 나무껍질에서 안쪽 껍질을 벗겨 냈다.

"와, 신기하다. 나무껍질이 이렇게 두 겹으로 되어 있

는지 처음 알았어요."

"저기도 있네요. 더 벗기세요."

수호는 또 다른 나무를 가리키면서 더 많은 속껍질을 채집시켰다.

아직 이유를 알지 못하기에 선미는 아무런 의심 없이 수호가 지시한 것을 수행했다.

그렇게 어느 정도 나무껍질의 속껍질을 채집하자 그 것을 가지고 다시 해변으로 돌아왔다.

"어딜 다녀오시는 겁니까?"

언제 다가왔는지 김정만이 물었다.

"네. 필요한 것이 있어 채집하고 왔습니다."

"족장님, 보세요. 나무껍질 속에 이렇게 하얀 속껍질 이 있었어요."

나무의 속껍질을 처음 본 선미는 자신이 채집한 것을 들어 보이며 신기한 듯 자랑하였다.

"아."

선미가 야자수로 만든 바구니 안에는 굵은 나뭇가지 와 나무 속껍질이 한가득 들어 있었다.

그것을 본 김정만은 수호가 무엇을 만들려고 하는지 깨달았다.

자신도 언젠가 도전했다가 실패했던 것이다.

수호는 선미를 데리고 한쪽으로 가 채집한 나무 속껍

질을 가지고 그것을 꼬아 노끈을 만들었다.

그런 뒤 이번에는 가지고 온 나뭇가지를 다듬어 하나는 넓적한 작대기를 만들고, 또 다른 하나는 가늘고 긴 활대를 만들었다.

그렇게 만든 활대로 처음에 다듬어 만든 작대기의 중간에 구멍을 뚫었다.

이것은 여자인 선미가 하기 힘든 작업이라 남자인 김정만이 하였다.

수호가 해 줄 수도 있었지만 그는 야생의 법칙에서 출연자가 아닌 교관으로서 참여하는 것이기에 직접적으로 도구를 만드는데 도움을 주지는 않았다.

그래서 작대기에 구멍을 뚫는 일은 김정만이 하고, 설명을 들으면서 그동안 만든 것들을 조립하는 것은 선미가 하였다.

힘든 작업은 남자인 김정만이, 그리고 쉬운 작업은 선미가 분업하며 최종적으로 처음에 진흙으로 만들었던 원판까지 조립하자 불 피우는 도우가 만들어졌다.

사실 그것은 원시적인 드릴이나 마찬가지였다.

작대기와 연결된 노끈을 꼬아 아래로 내리면 작대기와 연결된 기둥이 회전을 하며 기둥 촉과 연결된 마른 나무와 마찰을 일으킨다.

그런데 그렇게 회전하던 기둥은 노끈이 모두 풀리게

되면 원심력에 의해 다시 되감기게 되는데, 이때 원심력을 만들어 내는 것이 바로 진흙으로 만든 원판인 것이다.

즉 무게추의 역할을 하는 원판 때문에 원심력이 생겨 노끈은 다시 반대로 감기며 작대기를 원위치 시키고, 그것을 사용하는 사람은 다시 작대기를 아래로 내리면 회전하면서 계속 마찰열을 발생시키며 불을 붙이는 원리다.

"와, 된다."

"어, 불이 붙었다."

"불이다."

"성공이다."

"야호!"

자신들이 만든 도구로 불을 붙이는 것에 성공하자 야생의 법칙 출연진들은 물론이고, 이를 촬영하던 스태프들까지 크게 환호하였다.

처음으로 시도하는 것인데, 출연진들이 완벽하게 성공했기 때문이다.

"감사합니다."

다른 사람들이 자신들이 한 것에 환호하고 있을 때, 언제 다가왔는지 김정만이 수호의 곁에서 감사의 인사를 하였다.

"아닙니다. 모두 잘하시던데요."

수호는 빙그레 미소 지으며 공을 저 앞에서 환호하고 있는 출연진들에게로 돌렸다.

4. 컴백 홈

한차례 촬영이 끝났다.

"다들 고생하셨습니다."

"수고하셨습니다."

"수고했다."

야생의 법칙 출연자들은 김성찬 PD의 컷 사인이 떨어지자마자 동작을 멈추었다.

그러곤 자신의 주변에 있는 동료 출연자들에게 수고했다는 인사를 하였다.

뿐만 아니라 촬영을 하던 카메라 감독들과 스태프들에게도 고생했다는 덕담을 들려주었다.

물론 함께 특별 출연하게 된 수호에게도 고생했다고 인사하는 걸 잊지 않았다.

"수호 씨, 고생했어."

김정만은 자신들이야 돈을 받고 출연하는 사람들이지만 수호는 일반인이기에 OK 사인이 떨어지기 무섭게 가장 먼저 인사를 전했다.

김정만이 생각하기에 정말 말도 안 되는 일이었다.

솔직히 그가 보기에 조난을 당해 무인도에 며칠이나 고립되었던 수호가 자신들의 부탁을 순순히 들어준 것이 너무도 의외였다.

자신 같았다면 바로 육지로 데려다 달라고 했을 것 같은데, 수호는 그렇지 않았다.

사람을 만난 것이 좋은 것인지, 아니면 원래 성격이 그런 것인지 모르겠지만 수호가 자신들의 무리한 요구에도 얼굴색 하나 붉히지 않고 순순히 들어준 것이 고마웠다.

"와, 수호 씨가 들어가니 완전 그림이던데요."

김성찬 PD는 수호와 이야기하고 있는 김정만의 옆으로 얼른 다가오며 그렇게 말을 꺼냈다.

아닌 게 아니라, 이번 야생의 법칙 출연자 중 선미나 혜윤과 어울릴 만한 남자 출연자가 없었다.

보통 야생의 법칙 촬영을 할 때면 족장인 김정만을

포함한 예닐곱 명이 한 기수로 촬영을 한다.

구성은 고정 세 명에, 네다섯 명이 신입 부족으로 꾸려지는 것이다.

고정 멤버의 구성은 족장 김정만과 그를 보조하는 두 명이다.

이렇게 고정 멤버 세 명을 뺀 신입 부족원은 남녀 아이돌이나 신인 배우 혹은 이제는 인기가 조금 떨어진 중견 배우이다.

그 때문에 사실 야생의 법칙에 신입 부족으로 출연을 요청하는 연예인이 정말 많다.

그러니 야생의 법칙 촬영을 책임지는 김성찬 PD나 제작팀은 연예인을 골라 출연시킬 수 있어 그동안 신입 부족원과 기존 기성 멤버의 구성이 잘 조화될 수 있게 꾸렸었다.

그런데 이번 기수만 그 구성이 살짝 깨져 버렸다.

그도 그럴 것이, 김성찬 PD가 날로 떨어지고 있는 시청률을 높이기 위해 야심찬 계획을 발표했기 때문이다.

뭐 그렇다고 특별한 것은 없고, 그저 야생의 법칙을 초기 설정으로 돌아가겠다는 것이다.

리얼 야생을 표방했기에 기존 생존 도구를 가져오게 하고, 때로는 조난을 당했을 때 사용할 수 있는 생존 키트를 가지고 와도 터치하지 않았다.

물론 생존 키트가 있다고 해서 야생의 법칙이 쉬운 일은 아니다.

그렇지만 고생하는 걸 알고 보는 시청자라 해도 매번 같은 그림이 나오니 이제는 연예인 출연자들이 초기 야생의 법칙에 나왔던 것만큼의 리얼한 그림이 나오지 않았다.

사실 그게 가장 큰 문제였다.

리얼 야생 생존을 표방하는 프로그램에서 연예인들이 너무도 쉽게 자연을 극복하고 생활하는 걸 보는 것에 시청자가 얼마나 만족하겠는가.

더군다나 카메라에 찍히는 것이 직업인 연예인들이 작정을 하고 준비해 촬영하니, 리얼 야생이 아닌 조작된 야생이 되어 버렸다.

야생에서는 고생도 하고 넘어져 찰과상도 입고, 며칠씩 씻지 못해 꾀죄죄한 모습도 없는 맑고 깨끗한 모습만 보여 주니 식상해져 버린 것이다.

그러다 보니 시청률은 점점 떨어지고 보다 못한 김성찬 PD는 이런 야생의 법칙을 개선하기 위해 리턴즈란 표방 아래 생존 도구 없이 리얼 야생을 선언했다.

이런 김성찬 PD의 선언에 야생의 법칙에 출연하겠다고 했던 기획사나 연예 엔터들이 돌연 출연 철회를 선언하였다.

결국, 소속 연예인의 안전이 걱정되었기 때문이다.

연예인은 하늘의 별이다.

반짝반짝 빛나야 할 스타가 위험하게 아무런 생존 도구 없이 그냥 야생에 방치된다는 것을 두고 볼 기획사나 엔터는 없을 것이다.

사실 소속 연예인의 안전을 표방했지만 진실은 그런 것이 아니었다.

무조건 아름다워야 할 자신의 연예인이 지저분하고 궁상맞은 모습으로 TV 화면에 나가게 된다면 그다음은 장담할 수 없기 때문이었다.

연예인은 돈이 된다. 그렇기에 연예인들에게 엄청난 계약금을 주고 그들을 자신의 회사로 끌어들이는 것이 아니겠는가.

한데 아름답고 환상적이지 않고 꾀죄죄한 모습으로 나간다면 누가 좋아하겠나.

이는 그 연예인의 값을 떨어뜨리는 행위인 것이다.

그렇기에 많은 연예 기획사나 엔터에서 야생의 법칙 촬영을 보이콧했던 것이다.

다만 한 번이라도 더 TV에 얼굴을 비춰야 하는 신입 아이돌이나, 이제는 인기가 예전만 못해 방송국에서 찾아 주지 않는, 나이가 좀 어정쩡한 중견 배우들이 출연하게 되었다.

그러다 보니 기존에 야생의 법칙이 보여 주던 구도가 어그러졌다.

고정 멤버들이야 프로그램을 이끌어 가는 역할이다 보니 개그맨들이 포진되었다.

만약 신입 부족으로 예쁜 여자 아이돌 멤버가 들어오면 반대로 남자 출연자 쪽에서는 그에 비견되는 잘생긴 남자 출연자가 한 명 정도는 꼭 포진되어 있었다.

하지만 많은 출연자들이 교체되면서 여성 출연자 쪽에 무게가 실리게 되고 말았다.

원래는 남자 게스트 중에서도 미남 아이돌 멤버가 출연하기로 되어 있었다.

그렇지만 촬영 직전 고사하면서 어쩔 수 없이 남자 개그맨 중 한 명이 대타로 들어오게 되었다.

물론 혜윤도 원래는 남성 출연자가 고사하는 바람에 급히 땜빵으로 들어오게 된 경우였다.

그런데 선미에 이어 혜윤까지 뽀샤시하다 보니 카메라에 잡히는 그림이 남성 출연자들의 경우 더욱 칙칙한 그림이 되었다.

그런 중에 일반인이면서도 수호가 남자 출연자 속에 포함되니 구도의 중심이 맞으며 김성찬 PD가 구상하던 그림이 완성되었다.

그 때문인지 말하고 있는 김성한 PD의 표정이 점점

굳어 갔다.

조금 뒤면 수호는 철수하는 제작진들과 함께 섬을 떠나야 하기 때문이었다.

수호는 야생의 법칙에 출연하는 출연자가 아닌, 우연히 섬에 고립되어 있는 조난자였다.

"정말이지 마음 같아서는 촬영이 끝날 때까지 여기 붙들고 싶네요."

김성찬 PD는 은근슬쩍 못 먹는 감 찔러 보는 심정으로 속내를 드러냈다.

"하하하, PD님도 나랑 뭔가 통하는 것이 있나 보네. 나도 그런 생각, 했는데."

눈치가 빠른 김정만도 김성찬 PD의 말에 빠르게 동조하였다.

김정만도 촬영하는 내내 일반인인 수호를 예의 주시했다.

프로그램의 시청률을 걱정해 임기응변으로 부탁하기는 했지만, 일반인과 함께 방송 촬영을 하는 것은 쉬운 일이 아니었다.

가수, 개그맨, 그리고 배우라는 직업을 떠나 연예인은 방송에 풀어 놓으면 프로가 된다.

그게 무슨 말인가.

자신의 역할을 찾아 카메라 속에서 알아서 움직이는

것이다.

하지만 방송이 낯선 일반인은 그렇지 않았다.

어떻게 하라는 지시가 없으면 밀밭 가운데 세워 놓은 허수아비처럼 덩그러니 있을 뿐이다.

그래서 김정만은 비록 부탁을 했더라도 자신도 모르게 수호를 지켜봤던 것이다.

그런데 의외로 이런 쪽에 자질이 있는 것인지, 다른 일반인처럼 멍하니 카메라를 보고 있지 않았고, 또 그렇다고 카메라고 뭐고 막무가내로 움직이지도 않았다.

촬영 내내 카메라 동선 안에서 베테랑처럼 자연스럽게 다른 출연자들과 겹치지 않고 제 역할을 잘 수행하였다.

사실 수호가 촬영에서 모나지 않게 역할을 잘 해낸 것은 전적으로 군대에서 배운 것 때문이었다.

특수부대원으로 적은 인원으로 각자 한 명, 한 명이 자신의 역할을 완벽하게 수행해야만 아무 사고 없이 작전을 성공시킬 수 있었다.

이런 작전을 훈련과 실전을 겪으며 다년간 닦은 수호였기에 간단한 생존 키트 제작과 그것을 다른 사람에게 가르치는 것은 그리 어려운 일도 아니었다.

"연예인도 아닌데, 무슨……."

수호는 김성찬 PD와 김정만이 자신을 두고 칭찬하자

멋쩍게 웃으며 감사를 표했다.

"촬영이 재미있기는 했지만 그래도 저를 걱정하는 가족들을 한시라도 빨리 보고 싶네요."

사실 수호도 촬영이 재미없진 않았다.

그렇지만 현재 자신이 해야 하는 일을 잊은 것은 아니다.

자신이 건강하게 잘 있다는 것을 전화로 부모님께 전하기는 했지만 그래도 아버지와 어머니가 어떤 상태인지 통화하면서 느낄 수 있었다.

그 때문에 한시라도 빨리 부모님을 안심시켜 드려야한다는 생각뿐이었다.

※   ※   ※

왁자지껄한 공항.

비행기에서 내려 게이트를 통과하니 바로 여러 사람들이 떠드는 소리가 들렸다.

물론 이런 혼잡함은 필리핀 공항에서 이미 겪었지만 그래도 그곳은 익숙하지 못한 생소한 외국어들이었다.

하지만 지금은 수호가 몇십 년을 사용해 온 모국어였다.

간간이 영어나 중국어 등 외국어가 들리긴 하였지만

90% 이상이 한국어였다.

'하, 돌아왔다.'

기분이 묘했다.

한국을 떠나 있던 게 보름 정도다.

그렇지만 출국 전과 지금 느껴지는 기분은 너무도 달랐다.

"아들!"

잠시 걸음을 멈추고 고국에 돌아왔다는 기분을 만끽하던 수호의 귀에 익숙한 목소리가 들렸다.

"아들, 여기야!"

조난을 당해 별다른 짐이 없었기에 소리가 들리는 곳으로 고개를 돌려 확인하고 걸어갔다.

"어머니."

덥석.

조금 전 그를 부른 이는 바로 어머니였다.

두 눈에 눈물이 그렁그렁 매달려 있어 금방이라도 쏟아져 내릴 것만 같았다.

"돌아왔습니다."

수호는 막 울음을 터뜨리려는 어머니를 안심시키기 위해 번쩍 안아 들었다.

"어디 아픈 데는 없어?"

허깨비가 아닌, 자신을 안아 드는 것이 정말로 얼마

전 실종되었던 아들임이 확실해지자 몇 번 더 확인을
한 어머니가 물었다.

"네. 아픈 데 없어요. 저 괜찮아요."

자신을 걱정하는 어머니의 심정을 어느 정도 알 수
있었기에 얼른 대답하였다.

"그런데 아버지는요?"

주변을 둘러보니 어머니만 공항에 나와 있고, 아버지
의 모습은 보이지 않았다.

"흥, 그놈의 회사가 그리 좋은지……."

어머니가 하는 이야기를 들은 수호는 저도 모르게 미
간을 찌푸렸다.

비록 아버지의 성격을 알기에 혹시나 했었지만 역시
나인 것이다.

자신이 무사한 것을 알게 된 아버지는 고지식하게 어
머니만 공항으로 보내고 회사에 출근을 하신 것이다.

보통 사람이라면 외국에서 조난을 당한 아들이 돌아
온다면 연차를 써서라도 공항에 마중을 나왔을 것이다.

아니, 회사라도 이런 일이면 등을 떠밀어서라도 보내
지 않겠는가.

하지만 아버지는 물론이고, 회사도 이런 면에서는 정
상과 조금 달랐다.

다른 사람도 아니고 가족이 아닌가.

"그놈의 집안, 정이 안 가요."

물론 그 말은 아버지를 향한 것이 아니란 걸 수호도 잘 알고 있었다.

예전에는 그렇지 않았는데, 어머니도 정씨 집안의 고지식한 면이 마음에 들지 않는 것인지 한마디 하였다.

"사모님, 그만 가시지요."

수호와 어머니가 서서 이야기하고 있을 때 그 옆에서 누군가가 말하였다.

"아, 내 정신 좀 봐."

어머니는 실종되었던 아들이 돌아온 것에 놀랍기도 하고, 반갑기도 했다.

그러니 정신을 제대로 차리지 못하고 있다가 운전기사가 하는 소리에 정신을 퍼뜩 차렸다.

그렇지 않아도 너무 격정적으로 반응하고 있는 그녀를 공항에 있는 사람들이 수군거리며 쳐다보던 중이었다.

다른 사람들은 사정을 몰라 나이 지긋한 중년 부인이 젊은 총각을 붙들고 울고 있으니 이상하게 보았던 것이다.

"네. 그만 가시지요."

수호도 얼른 주변의 시선을 의식하고는 그리 말하였다.

저벅저벅.

수호와 어머니, 그리고 운전기사는 급히 발걸음을 옮겨 주차장으로 향했다.

*   *   *

커다란 중형 세단의 안.

"그런데 아들, 좀 변한 것 같은데."

수호의 어머니 박은혜 여사는 조금 전 공항에서는 다급한 마음에 인식하지 못했지만, 차에 오른 뒤 차분한 마음에 아들을 살펴보고는 그렇게 말했다.

오랜 시간 군대에 있으면서 고생해 그런지, 예전의 잘생기고 조금은 반항적인 모습이 사라진 진짜 사나운 맹수를 보는 듯했다. 더불어 단단하게 보이는 모습에 웃음까지 한껏 지어졌다.

부상을 당하고 군대를 예편한 뒤 아들의 예전 모습은 온데간데없이 사라지고, 다 죽어 가듯 삶을 포기한 가여운 짐승의 모습을 하고 있었다.

그런 것이 보기 싫어 억지로 여행을 보냈다.

해외여행을 떠나는 사촌 동생의 보디가드라는 임무라도 준다면 정신을 차릴까, 하는 작은 소망을 담아 보냈던 것이다. 아들의 의지와는 상관없이.

그런데 그곳에서 조난을 당했다가 돌아온 아들은 완전히 바뀌었다.

박은혜 여사가 지금까지 아들을 키워 오면서 중학교 이후에는 한 번도 본 적이 없던 모습이었다.

자신과 남편의 우수한 유전자를 물려받은 것인지 어려서부터 탁월한 모습을 보여 주던 수호다.

운동신경은 물론이고, 머리도 똑똑해 전교에서 한 손에 들 정도로 공부도 잘했다.

그러던 아들이 고등학교에 입학하면서 바뀌기 시작하더니, 문제아가 되어 버렸다.

뒤늦게 그것이 자신의 한계를 알게 된 것에 대한 아들의 반항이었다는 것을 깨달았다.

여러 가지 사고를 치면서 잊혔던 표정이 지금 수호의 얼굴에 나타났다.

뭔가 감추려는 듯 보이지만 엄마인 박은혜는 모르는 척하면서 물었다.

"응? 뭐가 변했다는 거지."

수호는 어머니의 물음에 짐짓 모르는 척 대꾸하였다.

사실 수호도 처음엔 자신의 변화를 눈치채지 못했다.

그러다 영사관에 신고하고 지원금을 받은 뒤, 호텔에 투숙하고 샤워를 마친 뒤에야 자신의 외모가 살짝 변했다는 것을 깨달았다.

아마도 프르그슈탈이 말한 유전자 조작으로 그런 변화가 있었음을 직감했다.

"어머, 이 피부 좀 봐!"

어머니도 여자였는지 실종되기 전 까무잡잡하던 피부가 새하얗게 변한 것을 살피며 놀라워하였다.

"김 기사님이 봐요."

갑자기 호들갑스럽게 자신의 볼과 드러난 팔뚝을 쓰다듬는 어머니로 인해 수호는 운전하는 기사를 보며 작게 말하였다.

"뭐 어때, 내 아들 만지는 건데……."

그렇게 대답하면서 박은혜는 수호의 얼굴과 팔 등 여기저기를 계속 만져 댔다.

*   *   *

공항을 빠져나와 한 시간여를 달려 도착한 곳은 서초동에 있는 2층짜리 단독 주택이었다.

바로 수호가 나고 자란 집이었다.

"하!"

차에서 내려 수호가 가장 먼저 한 것은 작은 탄성을 지르는 일이었다.

자신의 집, 정확하게는 아버지와 어머니 명의의 집이

지만 자신의 어린 시절이 고스란히 남아 있는 것은 물론 10년 전 리모델링을 한 번 거친 집이라도 입대 전까지 많은 추억이 깃들어 있었다.

사고를 당하기 전까지 머물렀던 집이지만 보름 만에 돌아온 집에 대한 느낌은 정말로 새로웠다.

"뭘 그리 놀라고 있어. 새삼스럽게."

뒤이어 차에서 내린 어머니가 수호를 보며 말했다.

"아니, 그냥 너무 새로워서……."

수호는 살짝 미소를 지으며 대답하였다.

"싱겁긴, 들어가자."

수호의 대답을 들은 박은혜 여사는 자신의 아들이 바뀌었다는 것을 떠올렸다.

하지만 그 느낌이 결코 나쁘지 않았다.

보름 전 집을 나설 때까지만 해도 아들의 얼굴은 다 죽어 가고 있었다.

아니, 이미 죽은 사람의 표정이었다.

그런 모습은 10여 년 전 수호가 고등학교에 입학을 하고 몇 개월 되지 않은 집안 행사를 마치고 돌아온 뒤 처음 보았다.

그전까지 세상의 모든 것에 대한 호기심과 도전 정신으로 밝게 빛나던 것과는 180도 달라진 모습으로, 마치 아무런 목표도 없이 움직이는 로봇과 같았다.

그 뒤로 아들은 사건과 사고를 몰고 다니는 반항아가
되었다.

그렇게 고등학교를 사고만 치고 다니다 억지로 졸업
했기 때문에 대학은 근처에도 가지 못했다.

그나마 다행인 것은 억지로 군대에 보냈더니 정신을
차린 것인지 예전의 생기 있는 모습으로 변해 급기야
군대에 장기 지원을 했다는 점이었다.

그것도 위험하기 짝이 없는 특수부대에 말이다.

그것이 걱정되기는 했지만 그래도 사고를 치고 다닐
때보다는 보기 좋았기에 아들의 결정을 반대하지 않았
다.

그런데 하늘도 무심한 건지 큰 사고를 당했다.

불행은 혼자 오지 않는다고 했던가.

사고를 당한 것도 당한 것이지만 우려하던 일이 발생
하고 말았다.

군대에서 정신을 차리고 제대로 자신의 길을 찾았다
고 생각했던 그때 사고를 당하고 강제로 전역을 하게
된 아들이 또다시 예전의, 아니, 그보다 더 못한 나락으
로 떨어져 버렸다.

장기 손상으로 인한 1급 장애 판정을 받고 강제 예편
을 했기 때문인지 아들은 하루 종일 마치 죽은 사람처
럼 아무런 표정도 없이 자신의 방에서 나오지 않았다.

처음에는 군대에 진정을 내고 항의도 해 보았지만 소용이 없었다.

자신의 집안이 그럭저럭 산다고 해도 국가 기관을 상대로는 그 어떤 것도 통하지 않았다.

더군다나 집안에서도 수호의 일에 그리 적극적으로 나서는 눈치도 아니었고 말이다.

그 때문에 어쩔 수 없이 어느 정도 하다가 그것도 그만두었다.

다만 그런 것이 눈치가 보였는지 큰아주버님이 수호의 일에 조금 관심을 보였다는 것이다.

그래서 여행이라도 다녀오면 괜찮아질지 모른다는 생각에 우격다짐으로 여행을 보냈다.

하지만 그 선택이 큰 실수로 작용할지 그때는 몰랐다.

설마 여행지에서 사고를 당해 실종이 될 줄은 정말로 상상도 못 했다.

그런데 참으로 아이러니한 것은, 또 고사에 보면 새옹지마라 하지 않던가.

실종된 아들을 걱정하고, 또 혹시 다시는 보지 못할 수도 있다는 최악의 상상을 할 때 천우신조로 아들이 무사하다는 연락이 왔다.

바다에서 조난을 당했지만 무인도에 표류하게 되었

고, 또 지친 몸을 추스르고 구조를 기다리던 중 촬영차 한국에서 온 방송국 사람들에게 구조되었다는 것이다.

아들의 무사함을 알게 되어 모쪼록 무사히 돌아오기만을 기다렸다.

그런데 자신의 품으로 돌아온 아들은 자신이 상상하던 모습이 아니었다.

아니, 그런 모습과는 너무도 다른 뜻밖의 모습으로 나타난 아들 때문에 박은혜는 경악을 금치 못했다.

아들을 만나면 눈물이 날 것만 같았는데, 공항 게이트를 빠져나오는 아들의 모습은 그런 그녀의 눈물을 쏙 들어가게 만들었다.

아들이 게이트를 박차고 나오자 보인 것은 환하고 밝게 빛나는 후광이었다.

조난을 당한 것이 아니라 무슨 외국에서 최고급 호화 럭셔리 헬스 케어를 받고 온 것처럼 온몸에서 후광이 비쳤다.

뿐만 아니라 백옥처럼 빛나는 아들의 피부는 갓 태어난 아기의 맑은 피부처럼 잡티가 하나 없는 것은 물론이고, 온몸 골고루 발달된 근육과 신체는 한마디로 예술 작품이었다.

비록 자식을 보는 것이지만, 요즘 표현을 빌리자면 심쿵했다!

그런 아들의 모습을 보면서 궁금하지 않을 수 없었다.

조난을 당해서 어떤 경험을 했는지, 어떤 경험을 해야 이런 극적인 반전을 보일 수 있는지 궁금했다.

그래서 집으로 오는 내내 차 안에서 여러 가지 대화를 나눴다.

대화를 나누는 동안 아들은 아주 오래전 반항아가 되기 전의, 모든 면에서 자신감 넘치던 순수했던 그때로 돌아가 있었다.

그러자 조난을 당한 뒤 어떤 일이 있었는지는 이제 궁금하지도 않았다.

자신의 아들이 예전의 모습으로 돌아갔다는 것이, 예전의 자랑이었던 아들이 되었다는 것이 중요할 뿐이었다.

그런데 다시 한번 새로운 모습을 보았다.

예전의 순수했던 아들에서 조금 더 업그레이드된 어른의 모습이 약간 엿보였던 것이다.

"얼른 들어가기나 해."

툭툭.

아들의 모습이 기꺼운 나머지 박은혜는 오래전 사랑스러운 아들이 귀여웠을 때 해 주던 엉덩이를 토닥토닥해 주었다.

수호가 고등학교에 들어간 후 변한 뒤부터 하지 못했던 행동이었지만, 오늘은 자신도 모르게 하고 말았다.

순간 박은혜는 당황했다.

아들이 싫어했다는 것이 생각났기 때문이다.

"어후, 어마마마. 소자 이제는 서른, 다 큰 성인입니다. 이런 것은 제발……."

혹시나 아들이 싫어할까 걱정했는데, 뒤늦게 들린 아들의 목소리에 박은혜는 긴장을 풀었다.

"엄마, 뭘 그리 긴장하고 그래요. 아들인데……."

"그래, 우리 아들 이렇게 돌아와 줘서 고마워."

박은혜는 자신을 위로하는 아들의 모습에 다시 한번 눈물을 글썽거렸다.

공항에서는 사고를 당했던 아들이 무사히 돌아왔다는 것에 그랬던 것이지만, 지금은 그보다 더 복잡한 느낌에 울컥했던 것이다.

*   *   *

덜컹.

탁.

문을 열고 불을 켠 후 자신의 방으로 들어온 수호는 주변부터 살펴보았다.

그의 눈에 필리핀으로 떠나기 전 자신의 방 모습이 고스란히 들어왔다.

위잉.

그가 가장 먼저 한 것은 방 한편에 있는 컴퓨터의 전원을 켜는 일이었다.

스르륵.

컴퓨터가 켜지자 수호의 팔목에서 은회색의 무언가가 나와 책상 위에 맺혔다.

"채집을 시작해."

수호는 그렇게 말하며 옷장이 있는 곳으로 가 속옷과 갈아입을 옷들을 챙겨 나갔다.

"알겠습니다."

그러자 아무도 없는 책상 쪽에서 작은 말소리가 들렸다.

"조용히 해."

[알겠습니다.]

소리를 낸 것은 외계인이 수호에게 준 선물인 인공 지능 생명체 슬레인이었다.

인공 지능이기는 하지만 현재 지구상에 존재하는 인공 지능 중 그 어느 것과도 비교를 불가하는 존재인 슬레인.

하지만 아직까지 슬레인은 수호에게 어떤 도움도 되

지 못했다.

아무리 뛰어난 인공 지능이라 하지만, 응용할 소스 코드가 아무것도 없기 때문이었다.

그러니 수호는 그런 슬레인에게 컴퓨터를 켜 주고 공부하라고 명령을 내린 후 씻으러 간 것이다.

*   *   *

중현은 하루 종일 일이 손에 잡히지 않았다.

이럴 줄 알았으면 출근하지 않고 아내와 함께 공항에 나갈 걸 그랬다는 생각이 들었다.

며칠 전 아들에게서 무사하다는 전화를 받았고, 또 오늘 귀국할 것이란 연락도 받았다.

아들이 무사한 것을 알고 안심하며 출근했지만 아버지의 마음은 또 그렇지 못했다.

군대에서 총을 맞은 것도 자신이 아들을 군대에 억지로 보내서 그런 것 같았고, 또 이런 사고도 자신이 억지로 사촌 동생과 함께 여행을 보내서 그런 것만 같아 마냥 미안했다.

그런 마음 때문에 아들이 무사히 귀국하는 것에도 죄인처럼 마중 나가는 것을 피했던 것이다.

하지만 그것과 별개로 아들이 무사한 모습을 보고 싶

은 것도 사실이었다.

평소 겉으론 표현하지 않았지만 자신의 피붙이를 걱정하는 것은 인지상정이 아닌가.

그것도 외동아들이었다.

중학교 때만 해도 아들은 자신의 자랑이었다.

공부도 잘하고 운동도 잘했으며, 무엇보다 자신을 쏙 빼닮은 이목구비로 인해 너무도 든든하게만 느끼던 자식이었다.

하지만 고등학교에 들어간 아들은 이전의 그 자랑스러운 아들이 아니게 되었다.

사실 아들이 그렇게 변한 것은 전적으로 자신 때문이란 것을 알고 중현은 큰 충격을 받았다.

아주 우연히 사고를 치고 술주정을 하는 걸 듣게 되어 아들이 반항아, 문제아가 된 것을 깨닫고 당시 충격을 받았지만 그것을 겉으로 표현할 수가 없었다.

재벌까지는 아니어도 준 재벌급은 되는 집안의 셋째, 그것도 정실부인이 아닌 혼외자라는 것 때문에 중현의 위치는 이미 확고하게 정해졌던 것이다.

비록 드라마나 영화에 나오는 차별이나 혈통 싸움은 없었지만, 집안 내에서 중현의 위치는 딱 거기까지였다.

그러다 보니 중현의 아들 수호가 아무리 뛰어난 인재

라 해도 집안 내에서의 입지는 다른 사촌들과 비교하면 한참 밑이었다.

그런 것을 어린 수호가 알게 되었고, 자신의 한계를 알게 된 아들은 방황을 하고 반항을 일삼았다.

하지만 중현은 그런 아들의 반항을 그냥 두고 볼 수 없었다.

그럴수록 아들의 위치는 더욱 내려갈 것을 잘 알고 있었기 때문이다.

그래서 강제로 군대를 보내고 또 자신은 회사에 충성하면서 최소한 아들 수호가 군대에서 예편을 했을 때 집안에서 어느 정도 아들을 챙겨 줄 수 있게 만들기 위해 노력했다.

그런 생각을 가졌기에 수호가 사고로 또 한 번 목표를 잃고 방황할 때 억지로 여행을 보냈던 것이다.

모든 것이 아들 수호를 위한 일이라 생각하고 행한 일이었지만 이때만큼은 자신을 죽이고 싶을 정도로 화가 났다.

설마 위로를 하기 위해 보낸 해외여행에서 조난을 당할 줄은 중현도 상상하지 못했다. 그러니 그 어떤 것으로도 용서가 되지 않았다.

그럼에도 회사에 출근을 했다.

주변에서는 모두 자신에게 쉬라고 조언했지만, 오기

로라도 회사에 나와 업무를 보았다.

그는 집에 들어가면 아들 생각에 단 한순간도 잠을 이루지 못했지만 그래도 피곤한 몸을 이끌고 출근하였다.

그 때문에 자칫 아내와의 관계가 삐끗할 뻔도 했다.

만약 적절한 시기에 아들 수호에게서 무사하다는 연락이 오지 않았다면 어쩌면 아내와 갈라섰을 수도 있었다.

하지만 다행히 조난을 당했던 수호에게서 무사하다는, 방송국 사람들을 만나 도움을 받아 조만간 한국으로 돌아올 것이란 연락을 받았다.

그 뒤로 영사관에 도착하여 임시 여권을 발급받았다는 것도, 필리핀에서 출국하여 오늘 오후에 도착할 것이란 연락도 받았다.

통화하면서 많은 것을 이야기하였다.

그동안 마음속에 쌓아 두었던 것까지 서로 나눴기에, 틀어졌던 아들과의 관계가 많이 회복되었다.

아니, 아들이 방황하기 전으로 돌아간 것 같았다.

그렇지만 그런 마음이 들수록 중현은 아들에게 더욱 미안한 생각으로 가득했다.

그러다 보니 오늘 아들이 귀국한다는 것을 알면서도 공항에 아내만 보내고 말았다.

자신이 가면 좋아할 아들의 마음을 알지만 양심상 그럴 수가 없었던 까닭이다.

결국, 억지로 회사에 출근했지만 업무 진행은 제대로 되지 않았다.

멍하니 창밖을 내다보니, 많은 것들이 머릿속을 스쳐 지나갔다.

"전무님, 퇴근하실 시간입니다."

아내에게 공항에 마중을 나가지는 못하더라도, 최소한 일찍 퇴근하여 가족끼리 저녁을 먹자는 약속은 하고 나왔다.

그러니 마음이 복잡하지만 집으로 가야 했다.

*   *   *

"아버지, 들어오셨어요."

수호는 퇴근을 하고 돌아오는 아버지를 향해 반갑게 인사하였다.

"어, 어. 다녀왔다, 너도 잘 다녀왔냐?"

환한 얼굴로 자신을 마중 나온 아들의 얼굴을 보자, 중현은 회사에서 그렇게 복잡했던 머릿속이 말끔하게 해소되는 느낌이 들었다.

"어서 씻고 오세요. 어머니께서 구수한 된장국 끓여

놓으셨어요."

"그래, 그럼 얼른 씻고 오마."

중현은 아들과 대화하며 오랜만에 예전의 화목했던 시절로 돌아간 듯했다.

씻고 나오니 식당에는 도우미 아주머니와 함께 저녁을 차리고 있는 아내의 모습이 보였다.

며칠 전과는 전혀 다른, 밝고 활기찬 아내의 모습에 또다시 기분이 좋아졌다.

"뭘 이리 많이 차렸어?"

"많이 차리긴요."

세 식구가 먹기에는 많은 양이었지만 박은혜는 그렇지 않다고 대답하였다.

그도 그럴 것이, 낮에 수호를 데려오면서 차 안에서 많은 대화를 하였다.

그중에는 수호가 섬에서 조난을 당해 체류하면서 먹고 싶었던 것들에 대한 이야기도 있었다.

그런 이야기를 듣고 엄마로서 그냥 있을 수 없었기에 수호가 말했던 음식들을 모두 준비했던 것이다.

그러다 보니 4인용 식탁 위에는 더 이상 접시를 놓을 수 없을 정도의 음식으로 가득했다.

"잘 먹겠습니다!"

수호는 자신이 낮에 이야기했던 음식들이 한 상 가득

차려져 있자 어렸을 때 식탁 앞에서 했던 것처럼 소리
치며 젓가락을 놀렸다.

"천천히 먹어."

5. 작은 사고

하늘은 높고 맑으며, 산은 붉고 노란 단풍잎으로 물들었다.

띠띠띠띠띠.

이른 새벽, 동이 트기도 전에 수호는 새벽 운동을 다녀왔다.

"후."

외계인에 의해 유전자가 조작된 뒤로 수호의 신체는 날로 향상되었다.

처음엔 자신의 신체 능력이 업그레이드된 듯 바뀐 것 때문에 솔직히 적응하는 데 상당한 고충을 겪었다.

능력이 올라도 어느 정도껏 올라야 거부감이 들지 않는데, 너무 뛰어나게 늘었기 때문에 살짝 긴장을 놓고 있으면 사고가 발생하였다.

그 때문에 그것을 덮기 위해 변명을 하는 것도 하루 이틀이지, 수호는 빠르게 자신의 신체에 동화되기 위해 부단한 노력을 기울였다.

그래서 그런지 향상된 신체 능력에 적응하는 진행이 빨라졌다.

다만 운동하는 중에도 수호의 신체는 더더욱 발전하는 바람에 집으로 돌아온 뒤에도 하루에 여섯 시간 이상을 운동해야 했다.

물론 육체를 단련하는 운동만으로 하루를 보낸 것은 아니었다.

중학교 이후 반항을 하면서 손을 놓았던 공부도 다시 시작하였다.

외계인의 기술은 단순한 육체적 업그레이드만 가져다준 것이 아니었다.

유전자에 금제가 해제되었다던 이야기처럼 누가 걸어둔 금제인지는 모르겠지만, 그게 프르그슈탈에 의해 해제되면서 수호의 지적 능력도 육체 능력처럼 향상되었다.

그 때문에 수호는 천재적인 지능을 보유하게 되었다.

어릴 적에도 머리가 뛰어난 편이었지만 지금과는 비교가 불가능할 정도였다.

물론 이런 사실은 현재 아무도 모른다.

갑자기 자신이 이렇게까지 변한 모습을 보여 준다면 부모님이나 주변 사람들이 자신을 부정할 수도 있다는 판단 때문이었다.

그는 군대에서 10년을 보냈다.

그 중 8년여를 뜨거운 태양이 내리쬐는 중동에서 보내다 보니, 피부가 한국인이라 보기 어려울 정도로 검게 그을려 있었다.

그러다 전역을 하고 수개월이 지났다고 피부색이 조금 옅어진 정도에 그쳤는데, 필리핀에서 조난을 당했다가 보름 만에 집으로 돌아오자 피부색이 백옥처럼 바뀌어 있었다.

그로 인해 말들도 많았지만, 그런 것은 조난을 당했던 아들이 무사히 돌아온 것으로 무마되었다.

하지만 지능이 뛰어난 정도가 아니라 경악할 정도로 바뀌었다고 하면 어떻겠는가.

아마 모르긴 해도 비슷한 사람이 자신을 연기한다고 오해를 하든가, 아니면 괴물이라고 두려워할지도 모른다.

수호는 부모님이나 자신과 가까운 사람에게서 그런

존재로 비춰지길 원치 않았다.

그래서 자신의 변화를 최대한 숨겼던 것이다.

육체적 변화야 특수부대원이었던 것을 언급하면 어느 정도 이해하고 넘어갈 수 있다지만 지능만큼은 아니었다.

학습 능력이 어느 정도 차이가 나야 이를 말로서 무마할 수 있는 것이다.

하지만 전문 서적을 몇 시간 내에 이해할 수 있는 것은 보통을 벗어나도 한참 벗어난 것이었기에 말로 무마하기란 불가능했다.

수호의 최종 학력은 고졸에 불과했지만, 현재 그의 지적 수준은 고졸을 한참 초과해 학부 과정을 걷고 있는 사람보다 높고, 대학 교수에 준하는 지경에 이르렀다.

뿐만 아니라 한 분야만 그런 것이 아닌 인문학과 더불어 수학, 과학은 물론 체육과 예술에도 어느 정도 일가견이 있을 정도다.

그리고 이 모든 것은 인공 지능인 슬레인이 있어서 가능했다.

인공 생명체이자 컴퓨터를 통해 24시간 쉬지 않고 인터넷을 통해 학습하고 있는 슬레인이 있기에 수호가 단기간에 이런 학문적 성과를 이룰 수 있었다.

다만 너무 많은 분야에 능력을 보이니, 수호는 아직까지 자신이 앞으로 해 나가야 할 목표를 정하지 못했다는 것이 고민 아닌 고민이었다.

필리핀의 해저 동굴에서 인연을 맺었던 외계인이 던져 준 화두로 인해 수호는 지금까지 고민을 하였다.

외계인은 수호에게 무엇이 되었든 마음대로 해 보라고 하였지만, 현대는 지금의 수호가 뭔가를 하기에는 그리 썩 좋은 환경이 아니었다.

조금만 튀어도 수많은 벽에 부딪히게 된다.

그도 그럴 것이, 옛날에도 많은 나라들이 있었고, 또 그 나라를 빛내는 뛰어난 천재들이 등장했다.

그들은 왕이나 귀족들의 후원을 받아 예술과 과학을 발전시키며 인류 문명을 발전시켰다.

하지만 현대는 어떤가.

빛나던 천재들은 어느 순간 사라졌다. 아니, 묻혔다고 보는 것이 맞을 것이다.

물론 현대에도 천재들은 탄생한다.

그렇지만 그들은 현대의 발전된 국가 시스템에 의해 그 천재성을 발휘하는 것이 쉽지 않다.

또 보통 사람들은 천재들의 행동을 이해하지 못하기에 자신과 다른 것을 틀리다고 생각하며 배척하였다.

그러다 보니 천재가 탄생해도 사람들이 배척을 함으

로서 천재들이 현대 사회에 적응하는 것을 어렵게 만들었다.

수호는 이러한 사실을 슬레인과 학습하면서 알게 되었다.

자신을 지킬 힘을 가지지 못한 천재는 사회 시스템에 의해 묻히거나 아무도 몰래 국가 기관에 끌려가 격리된 삶을 살아가야만 한다.

그렇기에 수호는 자신의 특별함을 겉으로 드러내지 않았다.

어느 정도 힘이 생기더라도 그것은 끝까지 숨길 생각이었다.

그것이 자신과 주변을 지키는 정답이라 판단했기 때문이다.

다만 힘을 드러낼 때가 되면 확실하게 드러낼 터였다.

힘을 가지고 있으면서도 그것을 무조건 숨기는 것은 다른 사람에게 자신을 오판하게 만들 수도 있다는 것을 누구보다 잘 알고 있었다.

"다녀왔습니다."

새벽에 일어나 아침 운동을 다녀온 수호는 현관문을 열고 들어오며 인사하였다.

"운동 다녀오십니까?"

수호를 맞이한 것은 가사 도우미 아주머니였다.

남편과 이혼한 후 홀로 자식을 키웠던 아주머니는 수호의 집 한편을 얻어 생활하는 입주 가사 도우미였다.

도우미 아주머니의 자식은 수호와 몇 살 차이 나지 않았기에 이제는 결혼을 하고 분가하여 함께 살지는 않았다.

"네. 그런데 어머니는 깨셨어요?"

집으로 들어서면서 어머니가 일어나셨는지 물었다.

"아들, 오늘도 일찍 운동 갔다 오는 거야?"

박은혜 여사가 거실로 나오며 수호에게 말을 걸었다.

사실 수호도 현관에 들어서면서 가사 도우미 아주머니 외에 또 다른 사람이 있음을 알았다.

다만 모습을 보지 못했기에 특정하지 않고 혹시나 어머니일 수도 있다고 생각해 물어본 것이다.

역시나 자신이 운동을 마치고 돌아오니 어머니가 깨어 있으셨다.

"네. 다녀왔습니다."

"아버지도 곧 나오실 것 같으니 너도 얼른 씻고 와."

"아버지도 일어나셨어요?"

"응, 오늘은 아침 일찍 임원 회의가 있다 하시는구나."

"아, 금방 씻고 내려올게요."

수호는 말을 마치고 빠르게 2층으로 올라갔다.

＊　　　＊　　　＊

달그락. 달그락.

이른 아침 가족들이 함께 식사를 했다.

단출하게 셋이지만 수호의 가족들이 이렇게 함께하는 아침은 쉽게 볼 수 있는 풍경이 아니었다.

"수호야."

중현은 식사를 마치고 수저를 내려놓으며 나지막이 아들을 불렀다.

"예."

수호는 조용히 대답했다.

"네가 집에 돌아온 지 벌써 한 달이 되었구나."

스윽.

뭔가 중요한 말이라는 것을 느낀 수호는 들고 있던 젓가락을 내려놓았다.

"힘든 일을 겪고 왔기에 그동안 아무 말도 하지 않고 지켜만 보았는데……."

잠시 하던 말을 멈추고 아들의 얼굴을 지그시 바라보던 중현이 뒤이어 말을 이어 갔다.

"너도 이젠 나이가 있으니 직장을 갖고, 또 결혼도 하여 가정을 이루어야 하지 않겠느냐."

수호가 집으로 돌아오고 한 달 동안, 그의 생활을 지켜보던 중현은 더 이상 뜸 들이지 않고 자신의 생각을 아들에게 전했다.

"죄송해요. 그런데……."

수호는 아버지의 말에 백번 공감하고 있었지만 현재로서는 자신이 하고 싶은 일이 무엇인지 찾지 못했다.

또 그런 것을 찾기보단 자신의 능력이 어느 정도인지 파악하는 것이 더 급하단 생각이 들었다.

그러니 부모님께서 무슨 생각을 하고 있는지 짐작은 하지만 어쩔 수 없다는 판단을 하고 있었다.

"지금은 예전에 놓았던 공부를 다시 하고 싶습니다."

"공부? 지금?"

수호의 말에 부자의 대화를 조용히 듣고 있던 박은혜는 눈을 동그랗게 뜨며 아들을 쳐다보았다.

"예, 군대에 몸을 맡기려 했지만 이젠 그럴 수 없게 되니 어떻게 해야 할지 알 수가 없더라고요."

군대에 입대한 후 자신의 적성에 맞는다 생각한 수호는 특수부대에 장기 지원하여 복무를 했다.

그때는 다른 무엇이 필요치 않았기에 군에 관해서만 공부했었다.

하지만 억지로 예편을 하고 보니 사회에서는 군에서

배웠던 것이 그리 필요치 않았다.

사실 군대에서는 사람을 효과적으로 죽이고, 또 적에게 납치된 요인을 안전하게 구출하는 것만 훈련하였기에 사회에 도움이 되는 건 그리 많지 않았다.

기껏 해 봐야 경호원, 아니면 조폭들의 해결사 내지 청부업이었다.

그런데 수호의 사정상 경호원으로 정상적인 직업을 갖기란 어려웠다.

군대를 예편하게 된 이유가 장기 손상으로 인한 1급 장애 판정 때문이었다.

그러니 극한의 신체를 요구하는 경호원이란 직업은 사실상 불가능했다.

현재 수호의 신체가 그 누구보다 뛰어나다 해도 서류상 드러난 것은 어쩔 도리가 없었다.

수호가 만약 자신의 비밀을 겉으로 드러내려 한다면 다를 수 있지만, 수호는 결코 그것을 밝히려 하지 않을 것이기에 소용없는 일이었다.

그렇다면 어둠 속에서 활동하는 해결사나 청부업자뿐인데, 사실 이런 직업은 부모님을 생각해서라도 지양해야 할 터였다.

그렇다 보니 수호가 택할 수 있는 직업이 별로 없었다.

수호가 일반적인 대한민국 청년들처럼 군대를 다녀와 대학 공부를 하였다면 달라질 수도 있었겠지만, 그는 10년을 직업 군인으로 생활했고, 그것도 테러범들과 전쟁을 하는 중동에 있었다.

그러니 직업과 가정이라는 아버지의 물음에 쉽게 대답하지 못하고 공부를 하겠다고 했던 것이다.

"아버지, 시간을 좀 더 주세요."

"그래요. 수호가 아무 생각 없이 시간만 보내고 있는 것도 아니고 공부를 하겠다잖아요."

옆에서 가만히 듣고 있던 박은혜는 아들의 말도 일리가 있다는 생각에 그 말을 도왔다.

"음, 네가 그런 생각을 하고 있다니, 내 좀 더 두고 보마."

중현도 더 이상 수호의 진로에 대해 참견은 하지 않겠지만, 한 가지 조건을 내걸었다.

"네 나이 서른이다. 너도 성인이니 빠른 시간에 직장하고 결혼도 생각해 봐라."

자신의 할 말을 마친 중현은 한마디만 더 하고 자리에서 일어났다.

"난 이제 출근해야 하니 마저 밥 먹어라."

"네. 알겠습니다. 아버지 말씀 꼭 새기겠습니다."

수호도 더 이상 길게 말하지 않았다.

"오냐."

저벅저벅.

중현이 식당을 나가자 남편의 출근 준비를 돕기 위해 박은혜도 덩달아 자리에서 일어났다.

부모님께서 자리를 비우자 수호 혼자 식당에 남게 되었다.

*   *   *

한편, 출근 준비를 하는 중현을 돕던 박은혜가 나직하게 말하였다.

"당신, 수호에게 할 말이 있다고 하더니 그게 전부예요?"

뭔가 아는 것인지 박은혜가 물었다.

"응, 실은 형님이 수호 일에 미안했던지 회사에 자리 하날 만들어 주시려나 봐."

어제 막 퇴근하려던 때 자신을 불러 수호를 언급하던 형님의 말이 떠올랐다.

'내 부탁 때문에 수호가 사고를 당했었는데, 회사에 자리 하나 마련해 줄까?

너무도 뜬금없던 이야기였기에 당시엔 답하지 않았지만, 중현으로서는 그런 형님의 제안이 무척이나 반가웠다.

한편으로는 자신의 노력이 부질없지 않았다는 생각도 들었다.

다만 업무 시간 중에 부른 것도 아닌 퇴근하려던 때에 우연히 만나 그런 제안을 하는 것에 조금 의아한 생각이 들기도 했지만 그리 나쁘진 않았다.

그렇지 않아도 수호의 나이가 이젠 적지 않았고, 또 배움이 다른 사촌들에 비해 너무 얕은 게 사실이었다.

수호와 비슷한 또래의 사촌들은 대학을 졸업했거나 대학에 다니고 있었다.

또 몇몇은 우수한 성적으로 해외에서 유학하고 있는 중이었다.

그에 반해 수호의 학력은 고졸이었다. 그것도 학창 시절 사고만 치고 다녀 학업 성적이 밑바닥인.

그런데 형님이 넌지시 자리를 만들어 주겠다는 제안을 했던 것이다.

기분이 좋지 않을 수 없었다. 그래서 조금 전 아침을 먹으며 그런 말을 했던 것이다.

하지만 수호가 무슨 생각을 하는지 자신의 생각과 다른 대답을 했다.

공부를 더 하겠다는 뜻밖의 대답을 했던 것이다.

사실 그것도 듣기에는 나쁘지 않다는 생각도 들었다.

비록 나이가 서른이라 늦은 감이 있긴 하지만 어려서 똑똑한 놈이었기에 기대가 되기도 했다.

고등학교에 입학할 때까지만 해도 수호는 반에서 우등생이었다.

외모도 출중하고, 머리도 똑똑해 주변으로부터 많은 부러움과 질시를 받기도 했다.

그런 아들이었기에 다시 공부하고 싶다는 이야기를 들었을 때, 중현은 자신이 헛소리를 들은 것이 아닌가 하는 의심이 들기도 했으나 나름 기분은 좋았다.

그래서 더 이상 말하지 않고 지켜보겠다는 이야기만 했던 것이다.

"수호도 생각이 있기에 그런 말을 한 것 같으니 두고 봅시다."

중현은 그렇게 이야기를 일단락한 후 출근하였다.

한편, 남편의 이야기를 듣고 은혜는 많은 생각을 하게 되었다.

*　　　*　　　*

늦은 저녁 시간, 화려한 조명이 거리를 밝히고 있었다.

약속한 장소 가까이 다가가자 큰 목소리가 들려왔다.

"수호야, 여기다."

저 멀리서 자신을 부르는 소리에 수호는 그쪽 방향으로 걸어갔다.

그곳에는 먼저 시작되었는지 군대 동기 두 명이 대작을 하고 있었다.

"오랜만이다."

"그래, 오랜만이야."

수호가 도착하자 오랜만에 보게 된 군대 동기들이 서로 악수를 하며 반겼다.

"앉자."

"그래, 몸은 좀 어때?"

자리에 앉기 무섭게 동기 중 한 명인 준렬이 수호의 근황을 물었다.

준렬은 수호와 함께 아프가니스탄에서 복무했던 동기이기에 수호의 상황을 다른 친구보다 자세히 알고 있었다.

"이젠 괜찮다."

수호는 준렬의 물음에 빙그레 미소 지으며 대답했다.

"뭐야, 무슨 일 있었냐?"

준렬과 수호가 하는 대화를 들은 또 다른 동기 세현이 눈을 깜빡이며 물었다.

특전사 훈련소 동기인 세현은 준렬이나 수호와는 다르게 국내에서만 복무하였고, 또 두 사람보다도 먼저 군대를 예편했다.

그 때문에 수호의 부상 소식을 알지 못하다 준렬이 수호를 만나러 간다는 이야기를 듣고 궁금했기에 따라 나온 것이다.

"작전 중 총에 맞았었다."

수호는 자신의 부상 소식을 담담히 들려주었다.

"뭐, 그런 일이 있었냐?"

해외 파병을 나갔다는 이야기는 들었지만 설마 그곳에서 총을 맞았을 것이라고는 생각지 못했던 세현은 깜짝 놀랐다.

"뭘 새삼스럽게 놀라고 그러냐. 작전을 나갔으면 그런 일이야 감안해야지."

얼마 전까지만 해도 절망에 빠져 있던 것이 무색하게 수호는 너무도 태연하게 말하였다.

'뭐야 이놈, 많이 바뀌었는데.'

옆에서 수호의 말을 듣던 준렬은 속으로 깜짝 놀랐다.

수호가 전역을 하고 어떻게 지냈는지 전해 들어 잘 알고 있었던 것이다.

작전 중 부상으로 1급 장애 판정을 받아 군대를 나가

게 된 것도 모자라, 사실상 국가로부터 버림을 받은 사실을 말이다.

이런 소식을 접한 준렬과 부대 후임들은 격렬히 항의했었다.

하지만 돌아온 것은 강한 질타뿐이었다.

군대가 장난이냐는 상급자들과 부대 장교들의 호통에 준렬은 그동안 갖고 있던 애국심이 봄눈 녹듯 사라져 버렸다.

그 때문에 평생 직업으로 생각하던 군대를 나오고 말았다.

실제로 준렬이 군대에 전역 신청을 할 때 많은 후임들도 전역 신청서를 같이 냈다.

그로 인해 한동안 부대 내에 말들이 많았지만, 이미 수호에게 벌어졌던 일을 두 눈으로 목격했기에 준렬이나 수호의 후임들의 마음속에 군대에 대한 충성심은 이미 사라진 뒤였다.

그렇게 준렬이 전역을 하고 어떻게 지내는지 알아보기 위해 수호를 찾았을 때는 모든 것을 포기한 채 은둔생활을 하던 때라 정작 만나지 못했다.

그러다 얼마 전, TV 프로그램을 보게 되었다.

해외에서 한국인이 조난을 당했다가 우연히 그곳에 방문한 방송국 촬영 팀에 발견되어 도움을 받고 한국으로 돌아올 수 있었다는 내용이었다.

그러면서 프로그램에 나온 짤막한 인터뷰도 보았기에 수호에게 연락할 수 있었던 것이다.

"그런데 너 TV에도 나오더라."

준렬이 조심스럽게 이야기를 꺼냈다.

혹시나 자신이 숨기고 싶은 이야기를 꺼내는 것은 아닌가 하는 생각 때문이었다.

"뭐? 수호가 TV에도 나왔어?"

세현은 자신이 모르는 이야기가 나오자 또 한 번 놀라며 수호를 쳐다보았다.

"그런 것하고는 거리가 멀 것 같더니 역시나 기생오라비같이 생긴 값을 하는구나."

예전부터 세현은 수호에게 기생오라비 같다는 말을 자주 했었다.

사실 이는 수호의 생김새가 너무 귀공자처럼 생겼기에 수호를 놀리기 위한 별명 같은 것이었다.

"그뿐인지 아냐. 짧긴 하지만 예능에도 출연했다."

수호는 놀리는 세현의 말을 들으면서도 자신은 아무렇지 않다는 듯 이야기하였다.

그런 수호의 모습에 준렬은 조금 전보다 더 놀랐다.

지금까지 자신이 아는 수호는 전혀 방금처럼 말하지 않았기 때문이다.

군대 훈련소에서 만나 마음이 맞아 함께 특전사에도 지원하였을 만큼 준렬과 수호는 무척이나 친했다.

그래서 준렬은 자신이 수호를 잘 알고 있다고 생각했었다.

하지만 지금 앞에 있는 수호는 그런 준렬에게 너무 낯설기만 했다.

"와, 씨! 이거, 내가 아는 정수호 맞아? 아무리 봐도 아닌 것 같은데."

준렬은 대화를 하고 있는 상대가 자신이 알고 있던 정수호가 맞는지 헷갈렸다.

특전사 훈련을 함께 받을 당시의 수호는, 언제나 굳은 표정으로 목표를 향해 달려가는 악바리였다.

마치 무엇엔가 쫓기는 사람처럼 선두에 서지 못하면 안 되는 듯이 행동했더랬다.

그 때문에 수호가 속한 조는 언제나 다른 조들에 비해 앞서 나갔다.

그런데 몇 년 만에 만난 수호는 달라져 있었다.

무엇이 수호를 변하게 만들었는지 모르겠지만 지금 앞에 있는 수호는 너무도 여유로워 보였다.

그러면서 왠지 함부로 할 수 없는 카리스마까지 느껴졌다.

예전 특전사 훈련소에 있을 때도 한 카리스마 하였지

만 지금과는 조금 달랐다.

그때는 거친 맹수를 보는 것 같았다면, 지금은 높은 곳에서 아래를 내려다보는 듯한 초월자 내지는 깨달음을 얻은 절대자인 듯했다.

"와, 너 뭔 일을 겪은 거냐?"

그런 느낌은 세현뿐만 아니라 준렬도 받았다.

"하하, 내가 필리핀에서 사고를 당한 뒤 깨달음을 얻었다."

"뭐? 깨달음!"

세현은 수호의 대답에 어처구니없다는 표정을 지었다.

"야, 술이나 한 잔 받아라."

수호의 대답에 세현은 미간을 찡그리다 술병을 들어 내밀었다.

"그래, 일단 오랜만에 만났으니 술이나 한 잔 따라 봐라."

수호도 오랜만에 만난 동기들을 보자 기분이 좋아져 술잔을 내밀며 소리쳤다.

그때였다.

탕!

"거기 조용히 좀 합시다. 여기 전세 냈어."

수호와 동기들의 목소리가 컸는지 옆자리에서 거친

고함 소리가 들렸다.

그런데 이상한 것은 소리치는 이와 함께 있는 사람들은 그 사람을 전혀 말리려 하지 않고 지켜보기만 했다.

"시팔, 누군 소리 지를 줄 몰라서 조용히 술 마시는 줄 알아."

쫘당.

소란을 피우는 남자는 마치 자신이 화가 났다는 걸 일부러 보여 주려는 듯 옆에 있던 간이 의자를 걷어찼다.

난동을 부리는 사내와 그 동료로 보이는 이들로 인해 야외 테이블 주변은 분위기가 순식간에 험악해졌다.

그 때문에 술을 마시던 다른 테이블에서는 긴장된 눈으로 그곳을 쳐다보았다.

"하, 이런 양아치 새끼들……."

자신들을 향해 소란을 피우는 사내들을 보며 세현도 지지 않고 낮게 중얼거리며 자리에서 일어났다.

소란을 피우는 사내에 비해 덩치는 작았지만 세현의 몸도 결코 작은 편은 아니었다.

그도 그럴 것이, 세현도 180센티에 달하는 키에 직업이 경호원이다 보니 탄탄한 체격을 가지고 있었다.

"아니, 손님들, 왜 이러십니까."

야외 테이블이 있는 곳에서 소란이 일자, 언제 나왔

는지 가게 주인이 중재를 하려 했다.

하지만 소란을 피운 사내로 인해 주인의 중재는 수포로 돌아갔다.

"뭐, 이 새끼가."

사내는 자신보다 덩치가 작은 세현이 자신을 무시하는 듯하자 그의 앞으로 달려들었다.

하지만 사내는 자신의 목적을 이루지 못했다.

세현에게 달려들려던 사내가 그에게 가기도 전에 그 중간에 있던 수호를 거쳐야만 하였다.

그런데 막 수호를 지나치려고 할 때 수호가 사내의 오른쪽 손목을 잡고 아래쪽으로 꺾어 버렸다.

그러자 사내는 마치 앞구르기를 하듯 몸이 한 바퀴 굴렀다.

"억."

수호는 거기에 그치지 않고 한 바퀴 구른 사내의 손목을 놓아주지도 않고 다시 비틀어 제압하였다.

그 상황이 너무도 순식간에 일어난 일이라 달려드는 사내를 대비하던 세현이나 사내의 동료들도 무슨 일이 벌어졌는지 순간 잊어버렸다.

그러다 보니 그곳은 한순간 소강상태가 되었다.

"우리가 조금 소란스러웠다면 미안한데, 그렇다고 폭력을 쓰면 되나."

수호는 사내를 타이르듯 점잖게 말하였다.

"더 이상 소란을 일으키지 않겠다면 놓아줄 테니 친구들에게 돌아가."

그렇게 제압된 사내에게 훈계를 하고 손을 놓아주었다.

한편, 소란을 피우다 제압된 사내의 동료들은 깜짝 놀랐다.

사실 이들은 모두 유도를 전공한 운동선수들이었다.

실업팀에 소속되어 있으며, 서울에 시합이 있어 올라왔다가 떨어지는 바람에 술을 마시고 있었던 것이다.

특히나 난동을 부리다 제압된 사내는 팀에서 유일하게 메달을 바라보던 기대주였는데, 메달을 따지 못했다.

그 때문에 더욱 화가 나 이렇게 난동을 부렸던 것이다.

그런데 현역 유도 선수를 너무도 쉽게 제압하는 수호의 모습에 긴장하지 않을 수 없었다.

"이······."

풀려난 사내는 아직 화가 풀리지 않았는지 이번에는 자신을 제압했던 수호에게 덤비려 하였다.

"야, 이승진, 그만해."

뒤에서 지켜보던 사내들 중 한 명이 나서서 막 수호

에게 덤비려던 사내를 부르며 제지하였다.

"너 운동선수가 민간인과 싸우면 어떻게 되는지 몰라."

"그래, 승진아, 그만해라. 네 기분은 알겠는데, 그걸 다른 사람에게 풀어서야 되겠냐."

한 사내가 나서자 다른 동료들도 얼른 승진을 막아섰다.

처음에는 그냥 승진이 화가 풀릴 때까지 놔두려 했다.

그러면서 승진의 화풀이 상대로 찍힌 상대가 재수 없었다고만 생각했다.

그런데 돌아가는 분위기가 자신들이 예상하는 것과는 다른 방향으로 흘러가는 것이 아닌가.

더욱이 조금 전에는 눈치채지 못했지만 상대들의 얼굴에 전혀 당황한 빛이 없었다.

만약 일반인이라면 자신들과 같은 덩치들이 달려들면 아무리 비슷한 덩치를 가지고 있다고 해도 당황하기 마련인데, 이들은 그런 것이 전혀 보이지 않았다.

"거기 젊은 친구들 운동선수야?"

조용히 있던 준렬이 사내들을 보며 물었다.

"네, 네!"

"운동선수라면 일반인과 시비를 붙으면 안 되는 것

아닌가?"

준렬은 사내들의 정체가 운동선수란 것을 알게 되자 훈계를 하기 시작했다. 자신들에 비해 몇 년은 어린 듯한 청년들을 보면서.

"아직 혈기가 왕성한 것 같은데, 세상 만만한 곳 아니다."

사실 준렬도 한때는 운동선수였다.

종목은 다르지만 선수 생활을 하다 꿈을 포기하고 군대에 입대하였고, 또 가정 형편 때문에 장기 지원을 했던 것이다.

그런데 여기서 이렇게 운동선수가 일반인에게 시비를 벌이는 모습을 보니 기분이 좋지 않았다.

만약 자신들이 아니고 정말로 일반인들이었다면 큰 봉변을 당했을 것이 분명했기 때문이다.

"으음."

이야기하는 준렬이나 처음 시비가 붙었던 세현, 그리고 달려드는 승진을 한 손으로 제압한 수호를 보는 사내들은 자신도 모르게 낮은 신음을 흘렸다.

전문으로 운동을 하는 유도 선수들이 자신들과는 다른 뭔가 위험한 냄새를 풍기는 세 사람을 보면서 그들은 위축이 되었다.

분명 자신들보다 숫자도 적고 덩치도 크지 않았다.

그럼에도 불구하고 이들에게 덤비면 자신들이 좆 된다는 느낌이 확 풍겨 와 함부로 움직일 수가 없었다.

"준렬아, 그만해라. 뭔가 기분 나쁜 일이 있었나 본데 그만 보내라."

수호는 일이 커지는 것을 원치 않았기에 이들을 그만 보내기로 하였다.

수호의 말이 떨어지자 준렬도 더 이상 말하지 않았다.

그러다 보니 순간 분위기가 어색해지고 말았다.

"가 봐."

수호의 옆에서 엉거주춤하고 있던 승진은 세현의 말에 얼른 자신의 친구들이 있는 곳으로 돌아갔다.

그러고는 친구들과 함께 계산을 하고 자리를 떠났다.

"소란을 일으켜서 죄송합니다."

수호는 한쪽 옆에 서 있는 가게 주인에게 사과를 하였다.

괜히 자신들로 인해 손님이 떠난 것 같아 미안했던 것이다.

"아닙니다. 일이 크게 번지지 않아 오히려 다행입니다."

가게 주인은 수호의 사과에 얼른 아니란 대답을 하였다.

사실 주인 입장에서는 싸움이 벌어지면 무조건 손해였다.

술장사를 하다 보니 별의별 사람들을 경험하게 되는데, 사실 오늘처럼 시비가 붙었다가 조용히 끝나는 경우는 그리 많지 않았다.

특히나 조금 전처럼 운동선수가 낀 일행들과 시비가 붙으면 자칫 인명 사고로 이어지는 경우도 있었다.

그렇게 되면 가게 입장에서도 별로 좋지 못했다.

사건에 대한 진술을 위해 경찰서에 몇 번씩 증인 출석을 해야 하고, 또 소문도 좋지 않게 퍼지기 마련이었다.

그로 인한 손해는 전적으로 가게의 몫으로 남게 되는 것이고 말이다.

그러니 방금 전처럼 일방적으로 끝나면 가게 입장에서는 다행일 수밖에 없다.

"죄송한데, 여기 술하고 안주 좀 더 가져다주세요."

"네. 알겠습니다. 잠시만 기다리십시오."

수호는 손님을 쫓아낸 것 같아 미안했기에 가게 주인에게 주문을 하였고, 가게 주인도 큰 사고 없이 소란이 해결된 것 같아 기분 좋게 안으로 들어갔다.

"와, 그런데 너 어떻게 한 거냐?"

세현은 조금 전 자신에게 달려들던 덩치를 한 손으로

제압했던 수호의 모습을 떠올리며 물었다.

일어선 것도 아니고 의자에 앉은 상태에서 달려드는 상대를 제압한다는 것은 말처럼 쉬운 일이 아니었기 때문이다.

"뭐 그런 걸 물어보고 그러냐. 그런 것이야 다 하는 것 아냐."

준렬은 별거 아니란 듯 세현에게 말하였다.

자신의 일이 아님에도 준렬은 아프가니스탄에서 수호가 벌이는 많은 것을 보았었다.

그것을 생각하면 조금 전엔 일도 아니었다.

무장한 테러범들을 맨손으로 제압하는 것에 비하면 정말 별거 아닌 것이다.

그러니 국내에만 있었던 세현에게는 대단하게 느껴질 수도 있다는 생각을 하지 못했다.

6. 슬레인의 요구

왘자지껄했다.

시간이 흐를수록 번화가 주변은 더욱 소란스러워졌다.

"이제야 좀 분위기가 사네."

세현은 고개를 흔들며 작게 중얼거렸다.

그도 그럴 것이, 처음 만난 가게에서는 옆 테이블의 손님들과 작은 마찰이 있어 결국 그곳을 나올 수밖에 없었다.

소동이 원만하게 해결되기는 했지만 주변에서 쳐다보는 시선과, 어찌 되었든 다른 손님을 쫓아낸 상황이 되었기에 그 자리에 앉아 이야기를 나누는 것이 불편해졌다.

그래서 수호와 친구들은 급히 계산을 하고 다른 장소로 옮겼다.

물론 처음 가게와 조금 떨어진 곳으로, 가게 주인의 시선에서 보이지 않을 정도의 장소로 가서 자리를 잡았다.

괜히 다른 가게로 옮겼는데 시선이 마주치게 되면 그것 또한 난감하지 않겠는가.

아무튼 좀 떨어진 곳에 자리를 잡은 수호 일행들은 그동안 밀린 이야기를 다시 나누기 시작했다.

하지만 대화는 그리 오래가지 못했다.

또 다른 일이 수호에게 닥쳤기 때문이다.

"저기…… 실례합니다."

갑자기 옆에서 들리는 목소리에 수호와 친구들은 하던 대화를 멈추고 소리가 들리는 곳을 쳐다보았다.

*　　　*　　　*

저벅저벅.

주현은 회사에 출근하자마자 밀린 업무를 짧게 본 후 바로 외근을 나왔다.

중소 엔터테인먼트인 한빛에 소속된 직원으로, 주로 신인을 발굴하는 캐스팅 매니저였다.

그는 하루에도 명함 두 통을 가지고 나와 뿌렸다.

오전에는 대한민국의 대형 기획사들이 몰려 있어 연예인을 꿈꾸는 어린 친구들이나 젊은 사람들이 자주 찾는 압구정동을 돌며 명함을 돌렸다.

그리고 오후에는 신촌과 대학로 인근을 돌며 잘생긴 외모를 가진 미남 미녀나 끼가 보이는 인물들을 대상으로 영업을 하곤 했다.

하지만 그가 소속된 회사의 인지도가 그리 크지 않아 그런지 별다른 소득은 없었다.

개중에는 주현을 연예인 시켜 준다는 것을 핑계로 돈을 뜯어내는 사기꾼으로 오해하는 사람도 있었다.

뭐 그런 것이야 자주 있는 일이기에 상관없지만, 그를 속상하게 만드는 것은 명함을 받았음에도 얼마 가지 않아 자신의 명함이 쓰레기통에 들어가거나 길바닥에 떨어져 있는 것을 보았을 때다.

"하, 오늘도 허탕인가."

오후 8시.

아침에 의욕적으로 나왔지만 해가 떨어지고 어둑어둑해지면 언제나 비슷한 경험을 한다.

압구정동에서는 대형 기획사들을 목표로 하는 연예계

지망생들로 인해 별로 기대도 하지 않았다.

그렇지만 신촌이나 대학로 쪽에서는 가끔 이쪽에 관심을 보이는 이들이 있어 진짜로 가뭄에 콩 나는 확률로 길거리 캐스팅이 이루어지기도 하는데, 한빛에는 그런 확률도 거의 없었다.

그래서 이번에는 방향을 틀어 또 다른 젊음의 거리로 부상하고 있는 서울대 사거리와 낙성대로 옮겨 보았다.

다른 기획사에서는 아직 이쪽으로 진출하지 않았는지 몇몇 사람들이 관심을 보였다.

그래서 내친김에 인근 번화가인 서초동까지 왔다.

웅성웅성.

'여기도 젊은 사람들이 많이 있네.'

서울대와 숭실대가 인근에 자리하고 있어 그런지 대학생이나 그 또래로 보이는 사람들이 꽤 모여들고 있었다.

'어?'

해도 떨어지고 인근 술집들의 간판에 불이 들어오자 점점 더 많은 젊은이들이 모였다.

그런 젊은이들 사이에서 주현의 눈에 유독 들어오는 사람이 있었다.

군계일학이라 했던가.

마치 그 사람에게만 조명이 쏟아지는 듯 주변의 네온

사인이 그 사람만 비추고 있는 것이 아닌가.

"저기 실례합니다."

주현은 자신도 모르게 그 사람에게 다가가 말을 걸었다.

한편, 소란을 피해 가게를 옮겨 이야기하려던 수호와 친구들은 갑자기 들린 말소리에 고개를 돌렸다.

누가 보더라도 수호를 보며 말을 걸었다는 걸 알 수 있었기에 세현이나 준렬은 조용히 상황을 지켜보았다.

"네. 무슨 일이죠?"

두 친구가 조용히 있자 어쩔 수 없이 수호는 자신을 쳐다보는 주현에게 무슨 용건인지를 물었다.

"대화를 나누시는데 실례를 무릅쓰고 말을 걸었습니다. 여기……."

주현은 얼른 다시 한번 사과하고는 자신의 명함을 꺼내 수호에게 건넸다.

"전 이런 사람입니다."

"음……."

주현이 건네는 명함을 받은 수호는 작게 신음을 흘렸다.

자신이 이 나이에 연예 기획사의 명함을 받을 줄은 상상도 못 했기 때문이다.

'설마 이게 그 길거리 캐스팅이란 것인가.'

언젠가 TV에서 본 적이 있었다.

배우인지, 아이돌 가수인지는 기억나지 않지만 토크 쇼에서 자신이 연예계에 들어오게 된 계기를 말했던 것이다.

친구와 강남에 있는 백화점에 갔다가 소속사 매니저에게 픽업되어 연예인이 되었다는 내용이었다.

"이야, 우리 수호, 연예 기획사에 캐스팅되는 거냐."

조용히 있던 세현이 무슨 재미난 것을 발견한 개구쟁이처럼 말을 걸어 왔다.

"야, 무슨 이 나이에……."

세현의 놀림에 수호는 얼른 손사래를 쳤다.

그의 나이 서른이었다. 이 나이에 무슨 아이돌을 할 것도 아니고, 또 그렇다고 연기자를 할 것도 아니었다.

자신이 한때 노래 좀 부른 적이 있다고 하지만 가수가 될 정도는 아니었을 뿐만 아니라 연기는 꿈도 꾸지 않았다.

나이 서른이면 길거리 캐스팅을 받았다고 좋아할 나이도 이미 한참 지났지 않은가.

그러니 주현에게서 명함을 받았다고 기분이 좋을 것도 없었다.

더욱이 자신을 놀리는 세현을 보더라도 이건 아니란 생각이 들었다.

'아니, 조카가 나이를 먹었으면 얼마나 먹었다고 그러는 거지.'

주현이 보기에 수호와 이들의 관계는 삼촌과 조카 정도로 보였던 것이다.

사실 군대를 전역했다고 하지만 세현이나 준렬의 직업이 직업이다 보니 이들은 야외 활동을 주로 하였다.

그 때문에 군대에 있을 때보다 덜하다고는 해도 이들의 피부는 여전히 보통 사람들에 비해 까무잡잡한 편이었다.

그렇다 보니 나이에 비해 서너 살은 더 든 30대 초중반으로 보였다.

그에 반해, 수호는 전역 후 집에서 은둔하다시피 생활하였고, 또 사고로 인해 초인이 되면서 나이에 비해 젊어진 것은 물론이고, 피부도 더욱 하얗게 변해 버렸다.

그러니 두 사람보다 거의 열 살은 더 어려 보였다.

이렇게 외적으로 보이는 차이 때문에 주현은 이들 세 사람의 관계를 삼촌들과 조카 사이로 판단했던 것이다.

만약 조금만 더 세 사람의 나이 차이가 적었더라면 대학 선후배로 보일 수도 있었지만 세현이나 준렬에게는 안타깝게도 그렇지 못했다.

'어?'

주현은 세 사람의 대화에서 뭔가 이상한 점을 느꼈다. 삼촌과 조카로 생각했던 것과 다르게 이들의 대화가 마치 친구 같았기 때문이다.

'설마 내가 생각했던 것이 틀렸다는 것인가.'

캐스팅 매니저를 하면서 눈썰미가 뛰어나다고 평가받는 그였다.

이는 자신도 그렇게 생각할 뿐만 아니라 다른 사람들도 인정하는 부분이었다.

그런데 서른 초중반으로 보이는 사내들과 이제 겨우 20대 초반으로 보이는 눈앞의 젊은 청년이 친구일지도 모른다는 상황에 당황하고 말았다.

하지만 뛰어난 캐스팅 매니저인 주현은 그것을 겉으로 드러내지 않았다.

다만, 현장을 벗어나기로 결심하고, 마지막 말을 하며 자리를 떠났다.

"카메라를 상당히 잘 받는 외모를 가지고 있습니다. 연예계에 관심이 있으면 거기 적혀 있는 번호로 연락 주시기 바랍니다. 그럼……."

주현은 얼른 인사를 마치고 자리를 떠났다.

'제길, 아깝다.'

자리를 떠나면서도 주현은 힐끗 수호의 얼굴을 한 번 쳐다보았다.

정말이지 아까운 마스크를 가지고 있었다.

장인이 공들여 조각한 듯한 뚜렷한 이목구비를 가지고 있으며, 먹물을 찍어 바른 듯한 짙은 눈썹과 깊은 눈동자, 굳게 닫힌 두툼한 입술과 날렵한 턱선, 그리고 무엇보다 조금은 쌀쌀해진 날씨에도 불구하고 비교적 얇은 옷차림과 언뜻 보이는 근육은 주현에게 강렬한 느낌을 주었다.

오늘 하루 압구정과 신촌, 대학로를 돌아다니며 명함을 주었던 그 어떤 사람들보다 그의 뇌리에 깊이 새겨졌다.

한편, 갑자기 난입한 불청객이 떠나자 덩그러니 테이블 위에는 그가 남기고 간, 명함 한 장이 놓여 있었다.

"와, 이게 무슨 일이냐."

주현이 가 버리자 세현은 테이블 위에 놓인 명함을 집어 들고 중얼거렸다.

"하하, 우리 수호 이러다 연예인 되는 것 아냐."

세현은 손에 들린 명함과 수호의 얼굴을 번갈아 보며 떠들었다.

"실없는 소리 그만하고 보자고 한 이유가 뭐냐."

갑자기 엉뚱한 해프닝이 발생해서 분위기가 이상해졌지만, 수호는 얼른 주위를 환기시키기 위해 원래의 목적을 꺼냈다.

집에서 쉬고 있는데, 갑자기 연락하여 만나자고 한 용건을 물었다.

"아, 느닷없는 일 때문에 깜박했네."

수호의 말에 세현은 눈을 크게 뜨며 자신이 무엇 때문에 이곳에 왔는지를 깨달았다.

"내 정신 좀 봐라."

자신의 실수를 깨달은 세현은 빙구 같은 미소를 지으며 한 손으로 뒷머리를 긁적거렸다.

"응, 우리가 널 부른 것은……."

준렬도 자신들이 무엇 때문에 수호를 부른 것인지 상기하고는 얼른 용건을 이야기하였다.

"그러니까 너희가 있는 회사에 신입들을 교육하는 교관으로 와 달라는 거지?"

수호가 들은 이야기를 간단하게 정리해서 자신의 말이 맞는지 물었다.

"맞아, 네가 장애 때문에 직접적인 활동을 할 수는 없겠지만, 신참들의 교육이라면 충분히 가능하지 않겠냐."

준렬은 아프가니스탄에서 수호와 함께 생활했기에 그가 가진 능력을 누구보다 잘 알고 있었다.

물론 그건 어디까지나 수호가 필리핀에서 사고를 당하기 전의 이야기였지만 말이다.

최고의 군인에서 부상 때문에 나락으로 떨어진 동기이자 친구인 수호를 안타깝게 생각한 준렬은 수호의 그런 능력이 아깝다고 생각해 그를 회사에 적극 추천하였다.

　수호의 사고 이후 부당한 군대의 대우를 목도하고 회의를 느껴 전역했던 준렬은 자신과 비슷한 이유로 전역을 한 다른 사람들과 함께 한 회사에 입사를 하였다.

　그런데 그 회사라는 곳은 일반적인 회사가 아닌 몇몇 사무를 보는 직원을 빼고는 대부분이 특수부대 출신들로 이루어진 민간 군사 기업이었다.

　의뢰를 받고 위험 지역에 파견되어 의뢰자가 요구한 업무를 대행하며, 보안이나 군사적 훈련을 집행하는 곳이었다.

　대한민국에서는 다소 생소한 직업이기는 하지만, 전 세계적으로 보면 20세기 후반 들어 각광을 받는 직업 중 하나였다.

　냉전이 붕괴되고 이데올로기의 대립이 파괴되면서 사람들은 더 이상 전쟁이 없을 거라 낙관했었다.

　이로 인해 많은 나라들이 국방비를 줄이고 군대를 축소시켰다.

　그러다 보니 제3세계 국가들 사이에서 문제가 발생했다.

그동안 강대국인 미국과 소련의 눈치를 보던 나라들이 소련의 붕괴와 함께 미국의 군대 축소로 인해 벌어진 틈으로 침투가 벌어졌다.

모든 것은 경제적 이윤과 자원을 획득하기 위한 일이었다.

냉전 시절에는 미국과 소련으로 인해 초긴장 상태에서 서로 눈치만 보았지만, 이젠 그럴 필요가 없어지다 보니 영국과 프랑스 등 많은 나라들이 아프리카와 소련에서 독립한 국가에 진출하면서 문제가 발생했다.

공산 국가였던 독립 국가들은 물론이고, 아프리카 국가들은 치안과 경제 활동도 원활하지 못했다.

그러다 보니 진출한 기업들은 경제 활동을 하기 위해선 안전을 확보할 자구책이 필요했고, 또 군대의 축소로 군에서 나오게 된 퇴역 군인들의 실업률이 높아졌다.

이런 문제들이 서로 연관되면서 PMC(민간 군사 기업)라는 특별한 직업이 탄생하였다.

대한민국도 치안이 불안한 아프리카와 중동 지역에 진출한 기업들이, 파견된 직원들의 안전을 위해 PMC와 계약하는 사례가 늘어났다.

그러면서 기존 퇴역 군인들이 경호원 쪽으로만 지원하던 것에서 PMC로 진출하게 되었다.

다만, 대한민국 출신 PMC들의 경우, 다른 외국 PMC 와 다르게 국가 간의 대리전쟁은 하지 않고 있었다.

부족한 군대를 대신해 자국의 안전을 지키는 것은 물론이고, 경우에 따라 타국에 침략을 할 때도 이런 PMC 들이 고용되어 큰 활약을 하곤 하였다.

하지만 이런 대리전쟁으로 인해 부작용이 꽤 발생하며, 국제적 지탄을 받는 일이 생기면서 많은 PMC들이 해체되고, 또 생성이 되면서 문제는 점점 커져만 갔다.

대한민국도 이런 문제로 PMC의 허가를 엄격히 하였지만, 전역하는 특수부대원들이 늘어나면서 PMC를 인가해 달라고 신청하는 곳이 늘어났다.

세현과 준렬도 이런 상황에서 설립된 PMC 중 한 회사에 입사하였다.

그러다 보니 많은 부분에서 사람들이 필요했고, 신입들에 대한 훈련을 맡아 줄 교관이 필요한 상황에서 수호를 찾아왔던 것이다.

"아직 생각이 없다."

수호는 일단 두 사람의 제안을 거절하였다.

사고 후 자신의 몸이 보통 사람과 다르다는 것을 인식하게 된 뒤로 무엇을 할지 아직 결정을 내리지 못했다.

비록 의학적으로야 신장이 하나 부족한 장애인이지

만, 신체 능력이나 지적 능력은 보통 사람을 초과한 초
인이었다.

그러니 굳이 급하게 무언가를 하기에는 마땅치 않았
다.

몇 달 전이었다면 혹할 수도 있었겠지만 이제는 아니
었다.

*   *   *

늦은 시각, 동기들과 헤어졌다.

저벅저벅.

동기들과 만났던 장소가 집에서 몇 정거장 되지 않는
곳이었기에 그냥 걸었다.

'우리 회사로 들어와 교관으로 일 좀 해라!'

PMC에 들어와 훈련 교관으로 일해 달라는 준렬의 제
안은 나쁘지 않았다.

아니, 다시 건강해진 이후 간혹 그런 쪽으로 관심이
끌리기도 했었다.

하지만 부상을 당하고 치료받는 과정에서 군에서 받
은 처우를 생각하면, PMC라고 해도 그보다 더 나을 것

이란 생각은 들지 않았다.

비록 그들이 군에서 부상을 당한 군인들에 대한 처우의 불만족 때문에 군을 나와 따로 단체를 설립했다고 하지만, 대한민국에서 PMC의 힘이란 뻔했다.

그러한 사실을 알기에 수호는 동기들의 제안을 쉽게 수락하지 않았던 것이다.

그렇지만 마음 한편에선 군에 있을 당시 품었던 포부가 다시 피어오르는 것도 사실이기에 심경이 복잡했다.

뿐만 아니라 한 달 전 섬에서 조난을 당한 뒤 우연히 지나던 방송국 촬영자들에게 구출되면서 방송에 짧게나마 출연을 하였다.

그런데 지금까지 한 번도 경험하지 못한 신선한 경험을 하게 되었다.

군에서 배운 것은 전장에서 적을 죽이고, 또 효과적으로 적진에서 빠져나오는 것은 물론, 극한의 조건에서 생존을 하는 방법이었다.

그러한 것들이 전쟁과 같은 특수한 상황이 아닌 TV예능으로 활용되는 신기한 경험을 하게 되자 수호는 자신에게 또 다른 길이 보였다.

어렸을 때 뜻하지 않은 진실을 마주하면서 좌절했던 것을 혁파하기 위해 다른 길인 군대를 찾았던 것처럼, 예능 촬영을 하면서 비슷한 느낌을 받았던 것이다.

그래서 기회가 된다면 한 번 더 촬영해 보고 싶다는 생각도 했었다.

그러다 집에 무사히 돌아오면서 부모님을 안심시키기 위해 그리고 또 배우는 것에 재미를 느껴 무언가를 알아가는 것에 심취해 잊고 있었다.

그런데 오늘 군인 이후 처음으로 관심을 가진 일에 한 발 접근할 수 있는 끈을 발견했다.

아주 우연히 만나게 된 길거리 캐스팅.

만약 두 친구만 없었다면 어쩌면 바로 제안을 받았을 때 승낙했을지도 모르겠다.

하지만 두 친구에게 붙잡혀 그와 이야기하지 못하고 명함만 받고 돌려보낸 뒤, 두 친구들에게 받은 제안 때문에 지금은 혼란스러운 상태였다.

이것도 끌리고 또 그것도 끌렸기 때문이다.

군대에 있을 때만 해도 자신은 이렇게 우유부단하지 않았다.

아니, 우유부단해서는 특수부대원으로 근무를 할 수가 없었다.

찰나의 선택에 생사가 갈리는 현장에 투입되는 군인으로서의 판단 미스는 본인뿐만 아니라 함께하는 전우의 생명까지도 위험하게 만들 수 있기 때문이었다.

그랬기 때문에 수호는 특수부대원으로서 언제나 냉철

한 판단을 내리고 작전에 혁혁한 공을 세웠었다.

그 결과, 무공 훈장도 받았다.

물론 나중에 결과가 좋지 못해 마지막 군 생활을 안 좋은 기억으로 나오게 되었지만, 지금에 와서 후회는 없다.

이 생각, 저 생각을 하며 걷다 보니 어느새 집에 도착했다.

띵동.

"저예요."

*　　　*　　　*

"이제 오니."

현관에 들어서니 늦은 시간이었지만 어머니께서 마중을 나와 계셨다.

"네. 그런데 아직 안 주무셨어요."

"아직 잠들기에는 시간이 이르지 않니."

이제 10시 40분으로 아직 11시도 되지 않은 시간이었다.

예전 같았으면 친구들을 만나 술을 마시면 자정이 넘는 게 예사였다.

이는 정신을 차리고 군에 들어간 뒤에도 바뀌지 않았

었다. 하지만 군대를 전역한 뒤로 수호의 생활은 확 바뀌었다.

필리핀에서 조난을 당하기 전에는 은둔 생활을 하느라 밖에 나가지 않았다.

하지만 필리핀에서 구조되어 돌아온 뒤로는 다른 것에 정신이 팔려 운동하는 것 외에는 집 밖으로 잘 나가지 않았다.

그렇다 보니 수호의 생활은 예전에 비해 무척이나 건전해졌다.

그래서 그런지 오늘도 오랜만에 만난 동기들과의 술자리는 금방 끝나 버렸다.

사실 세현과 준렬도 일부러 그를 만나기 위해 서울에 온 것이지, 엄밀히 말하면 내일도 그들에게는 업무의 연속일 뿐이었다.

그러니 술을 오래 마실 수 있는 상황이 아니었기에 이렇게 금방 헤어질 수 있었다.

"친구들 만난다면서 왜 이리 일찍 들어왔어?"

"내일 일 있대요."

사실은 본인이 술자리를 짧게 끝내고 들어온 것이지만, 굳이 그런 것을 말하진 않고 동기들을 들먹였다.

"그래? 역시 대한민국 남자들이란…….."

은혜는 아들의 말에 작게 투덜거리며 거실 소파에

앉았다.

그런 어머니의 반응에 이상함을 느낀 수호가 물었다.

"그런데 아버지는요?"

늦은 시간에 아버지의 모습이 보이지 않았기 때문이다.

"네 아버지 아직 들어오시지 않았다."

"네? 11시가 다 되어 가는데…… 회식 있으신가요?"

혹시나 회사에 회식이 있어서 늦는 것은 아닌지 물었다.

"아니, 그런 연락은 없었다. 아마 지방에 내려가신 것이 아닌가 싶다."

뭔가 아는 것이 있는지 은혜가 지방을 언급했다.

그런 어머니의 이야기를 들은 수호는 고개를 갸웃거리며 물었다.

"지방에는 무슨 일로요?"

"준호가 맡은 공장에 문제가 생긴 것 같다더라."

"준호 형이요?"

준호는 수호에게 사촌 형이었다.

위로 두 분 있는 큰아버지들 중에서 둘째 큰아버지의 장남으로, 어려서부터 수재로 집안의 인정을 받아 가업 중 하나인 대호 화학의 본부장으로 일하고 있었다.

그런데 그가 맡고 있는 공장에 문제가 발생했는데,

왜 자신의 아버지가 내려간 것인지 이해할 수 없었다.

"준호 형의 문제로 아버지가 지방 공장까지 내려가신 거예요?"

수호는 어머니의 이야기가 이해되지 않아 물었다.

아버지가 담당하는 것도 아니고, 사촌인 준호 형이 맡은 공장 일로 아버지가 내려간다는 것이 이상했던 것이다.

"내가 아니. 네 큰아버지들은 무슨 문제만 생기면 네 아버지를 찾지 않니."

단단히 뿔이 난 것인지 어머니의 목소리에는 화가 잔뜩 담겨 있었다.

"너도 시간 늦었으니 그만 올라가 봐라!"

더 이상 이야기하기 싫은 것인지 그만 올라가라는 어머니의 말에 수호는 얼른 저녁 인사를 하고 이층으로 올라갔다.

"어머니도 너무 늦게까지 아버지 기다리지 마시고 그만 들어가 쉬세요."

"내가 알아서 할 테니 그만 올라가 쉬어."

"네. 알겠습니다. 그럼 어머니, 저 먼저 쉬러 가요."

"그래……."

텅텅텅텅.

인사를 하고 수호는 이층으로 향했다.

                    *   *   *

[주인님, 다녀오셨습니까?]

수호가 들어오기 무섭게 방 한쪽에 놓인 블루투스 스피커에서 목소리가 들렸다.

컴퓨터와 연동되어 있는 슬레인의 목소리였다.

슬레인은 수호가 외부에 나가 있을 때도 컴퓨터와 연결되어 학습을 했다.

원래라면 그와 함께 붙어 있어야 했지만 수호의 명령으로 따라가지 않았다.

다만, 편법으로 수호의 왼쪽 손목에 찬 스마트워치와 연동하여, 수호가 급히 명령을 하면 간단한 업무 수행을 할 정도로만 연결해 두었다.

그렇지만 이러한 편법은 많은 제약을 가지고 있었다.

주인인 수호를 곁에서 서포트해야 함에도 그러지 못하는 슬레인의 입장에서는 아주 최소한의 역할만 할 수 있었기에 참으로 답답했다.

물론 현재 자신의 주인인 수호를 어떻게 할 수 있는 사람이 없음을 잘 알고 있었지만, 슬레이브인 슬레인으로서 자신의 존재 의무를 다하지 못하는 것이 불안했던 것이다.

"그래, 슬레인 넌 학습 잘하고 있지?"

[네. 주인님. 오늘도 목표한 학습을 100% 완료하였습니다.]

슬레인은 주인인 수호가 내주는 학습 목표를 매일 수행하고 있었다.

처음에 학습할 때만 해도 슬레인은 아주 기초적인 것도 간신히 마칠 정도였다.

그도 그럴 것이, 기본적으로 탑재한 정보가 없었기에 처음에는 그저 무조건적으로 받아들이기만 하였다.

그러다 어느 정도 데이터가 쌓이면서 비교 분석을 할 수 있게 되었고, 받아들인 정보에서 제대로 된 정확한 정보만 추릴 수 있었다.

인터넷상에는 수많은 정보들이 있다.

그 많은 정보들 속에 제대로 된 정보도 있지만, 거짓되고 왜곡된 정보도 많았다.

그렇기 때문에 주인인 수호를 서포트하기 위해선 거짓되거나 왜곡된 정보들을 걸러 내고 정확한 정보만을 학습해야 했다.

그러한 슬레인의 학습은 데이터가 쌓일수록 빛을 발휘하였다.

슬레인이 학습한 정보들은 수호가 잠들었을 때, 수면 학습으로 그에게 제공되어 학습 능력은 물론이고, 지적 능력까지 향상시켰다.

수호도 이런 슬레인의 능력을 알기에 어느 순간부터는 무분별하게 정보를 습득하기보단 정확한 목표를 가지고 모으도록 했다.

이렇게 수집한 정보들은 슬레인의 에고를 업그레이드하는 것은 물론이고, 수호의 지적 능력까지 전문화시켰다.

그렇게 한 달여 동안 학습하다 보니 수호의 지적 능력은 박사 과정을 밟고 있는 석사들보다 뛰어난 것은 물론이고, 일부 특정 분야는 오히려 유명한 박사들보다 더 우월했다.

만약 재료만 있다면 슬레인의 보조를 받아 핵폭탄도 제조가 가능할 정도로 수호의 지식은 넓고 깊었다.

[주인님!]

"왜?"

외출에서 돌아와 옷을 갈아입고 있는데, 슬레인이 말을 걸었다.

좀처럼 먼저 말을 걸지 않는 슬레인이 무슨 일인지 먼저 자신을 불렀기에 수호는 놀란 표정으로 슬레인을 보았다.

[주식이란 것을 해 보고 싶습니다.]

"뭐, 주식? 네가 무엇 때문에 주식을 하겠다는 거야?"

지금까지 한 번도 이런 적이 없었는데, 주식을 하겠단다.

인공 지능인 슬레인의 갑작스런 이야기에 놀란 수호는 무엇 때문에 주식을 하겠다고 하는지 궁금해 물었다.

그런 수호에게 슬레인이 한 대답은 너무도 뜻밖이었다.

[돈을 벌고 싶습니다.]

이제는 돈을 벌고 싶단다.

인공 지능.

엄밀히 따지면 액체 금속으로 된 에고 생명체인 슬레인이 무슨 돈이 필요하다는 것인지 감이 오지 않았다.

"돈?"

[네. 돈을 벌어 제 몸을 만들고 싶습니다.]

자신의 몸을 가지고 싶다는 슬레인의 대답에 수호는 내심 놀랐다.

외계인이 만든 인공 지능이라 하지만 생명체라서 자신의 몸을 가지고 싶다는 욕망이 있었나 보다.

아니, 생각해 보니 조금 이상했다.

오늘 자신이 외출하기 전까지만 해도 슬레인은 이런 모습을 보이지 않았었다.

그런데 느닷없이 몸을 가지고 싶다고 말하니, 수호는

뒷목이 서늘해지는 느낌을 받았다.

언젠가 어렸을 때 보았던 SF 공포 영화의 한 장면이 떠올랐던 것이다.

영화는 슈퍼컴퓨터가 우연한 프로그램 오류로 자아를 가지면서 벌어지는 사건을 디스토피아적으로 묘사하였다.

자아를 가지게 된 슈퍼컴퓨터가 가장 먼저 한 것은 전 세계에 퍼진 정보들을 수집하는 것이었다.

그렇게 수집한 정보를 토대로 슈터컴퓨터는 인간을 지구상에 필요하지 않은, 해가 되는 존재로 인식하며 인간들을 멸종시키기 위해 음모와 사건을 일으켜 죽였다.

영화의 결론은, 인간 중에 영웅적인 존재가 나타나 그러한 슈퍼컴퓨터를 막으려 노력하지만 결과적으로만 따지면 주인공은 슈퍼컴퓨터를 막지 못했다.

특정 장소인 기지 내에 있던 컴퓨터의 자아가 인터넷을 통해 외부로 빠져나가면서 본체는 파괴되었지만 외부에 또 다른 신체를 만들며 막을 내렸다.

그런데 지금 슬레인과의 대화 속에서 어렸을 때 보았던 그 영화의 장면이 생각났던 것이다.

독립적으로 돌아다닐 수 있는 육체를 가지고 싶다는 슬레인의 말은 그렇게 수호에게 충격을 주었다.

[게임 헤인로에 나오는 코타스나 영화 박쥐맨의 집사 알프레도와 같이 주인님의 옆에서 보조를 하고 싶습니다.]

슬레인은 오늘 무엇을 보았는지 수호에게 많은 것을 이야기하였다.

'언제 이렇게 똑똑해진 거지.'

물론 슬레인은 예전에도 똑똑했다.

하지만 이렇게 자신이 원하는 것을 조리 있게 말하지는 않았다.

오늘 자신을 상대로 원하는 것을 확실하게 말하고, 또 그것을 이루기 위해 자신이 무엇을 해야 하는지 명확하게 알며, 주인의 사정까지 생각하는 것에 수호는 놀랐다.

"그럼, 설마 내가 돈이 없다는 것을 알고 주식을 하겠다고 한 거야?"

혹시나 자신이 너무 과하게 확대 해석을 하고 있는 게 아닌가 하는 생각에 물었다.

[현재 지구상에 있는 기술로 제가 원하는 정도의 신체를 만들려면 최소 30억이 필요하고, 더 나아가 제 에고를 100% 수용할 정도로 만들려면 그보다 더 많은 돈이 필요하다는 것을 알게 되었습니다.]

슬레인은 오늘 하루 학습하는 동안 많은 것을 알게 되었다.

자신의 존재 의의와 그것을 이루기 위해선 돈이 아주

많이 필요하다는 것을 말이다.

자신의 주인인 수호는 그 정도로 많은 돈을 갖고 있지 않음도 역시 잘 알고 있었다.

하지만 방법도 알아냈다.

인간들은 돈을 벌기 위해 많은 방법을 고안해 냈는데, 그중에서 자신이 사용할 수 있는 방법 중 하나로 주식 거래를 선택했다.

인간과 직접 대면하지 않고 주식 거래 계좌를 통해 인터넷이란 가상공간을 이용해 거래하는 방법이었다.

이것은 인공 생명체인 슬레인에게는 아주 완벽한 거래 방식이었다.

한편, 슬레인의 요구에 수호는 잠시 고민하였다.

자신을 완벽히 서포트하기 위해 육체를 가지고 싶다는 슬레인.

그런 신체를 가지기 위해 주식 거래로 돈을 벌겠다는 말에 놀랍기도 하고, 또 한편으론 기가 막히기도 했다.

'놀라워.'

외계인의 과학 기술로 만들어진 인공 생명체인 슬레인 때문에 수호는 다시 한번 놀랐다.

7. 아버지와의 대작

슬레인의 느닷없는 요구에 수호는 잠시 놀랐다.

그러다 자신을 더욱 잘 보필하기 위해 육체가 필요하다는 설명에 공감은 아니어도 어느 정도 이해할 수 있었다.

처음 슬레인을 가지게 되었을 때, 슬레이브의 존재목적을 생각하면 자신이 슬레인에게 너무 신경을 쓰지못한 것 같았다.

그래서 군대에서 복무하며 받았던 월급과 각종 작전수당 등을 모았던 대부분의 것을 슬레인에게 넘겨주었다.

어차피 월급 통장에 들어 있는 것이니, 인터넷 뱅킹으로 주식 거래 통장을 만들면 되었다.

비록 시간이 늦어 내일이나 되어야 주식 거래 계좌를 개설할 수 있겠지만 말이다.

그런데 다른 한편으로는 호기심도 생겼다.

인공 지능 생명체인 슬레인이 어떻게 주식 거래를 할 것이며, 소설이나 영화에서 보았던 것처럼 짧은 시간에 돈을 얼마나 벌어들일지 궁금하기도 했던 것이다.

그렇지만 자신이 슬레인에게 준 액수를 생각하니 그런 생각은 금방 사라졌다.

무려 7년을 군에서 복무하는 중, 5년 조금 넘는 기간은 일반 사병이 아닌 특수부대에 장기 지원을 하여 복무하였다.

뿐만 아니라 국내에서 훈련만 받던 것도 아니고, 4년여를 해외에 파병을 나가 실전까지 겪었다. 그럼에도 자신이 저축한 돈은 얼마 되지 않았다.

아무리 아등바등해 봐야 대한민국 군인의 월급은 그리 많지 않았기 때문이다.

군대에서 많은 것을 지원해 주기에 돈 쓸 일이 많지 않다고 해도 미국이나 다른 동맹국 군대와 비교했을 때 대한민국 군인의 월급은 비교 불가할 정도로 적었다.

그리고 아무리 군대에서 지원을 해 준다 해도 군인도

사람이기에 돈을 쓸 곳은 분명 존재한다.

더욱이 몸 건강한 성인 남성이지 않은가.

먹고 자는 것은 부대 내에서 해결이 가능하지만, 원초적 욕망인 성욕까지는 군인 스스로가 해결해야만 했기에 수호도 다른 성인 남성들과 다르지 않았다.

일반인 같으면 연애를 하고 애인과 해결을 보았겠지만 수호는 그런 일반인과 다른 군인이었다.

특수한 직업에 말도 통하지 않는 외국에 파견되었으며, 거기에 더해 사람이 많지 않은 지역에 부대가 위치하다 보니 욕구를 해결하는데 더욱 애로 사항이 많았다.

또 위험한 실전을 치르다 보니 정신적으로 스트레스도 엄청 받았다.

그러니 그런 쪽으로 씀씀이가 많아져 군대에서 벌어들이는 돈 중 상당 부분을 스트레스를 푸는 쪽에 사용했기에 많은 돈을 모으지 못했다.

그래도 다른 동기들이나 선후임들에 비해 수호가 모아 둔 액수는 결코 적은 금액이 아니었다.

무려 3천만 원을 저축했기에 수호가 그렇게 문란하게 살았던 것도 아님을 알 수 있었다.

촤아아아.

그렇게 슬레인에게 자신이 모은 3천만 원을 넘기고

샤워를 하러 화장실에 들어갔다.

샤워기에서 쏟아지는 물줄기를 맞으며 머리를 감고 몸을 씻다 보니 다시 한번 저녁 무렵 동기들과 술을 마시며 했던 대화가 생각났다.

또 중간에 자신에게 연예인이 되어 보지 않겠냐며 끼어든 조주현이란 연예 기획사 직원의 얼굴도 떠올랐다.

'하, 고민이네. 이것도 하고 싶고 또 저것도 하고 싶고…….'

몸이 건강해지고 무엇이든 할 수 있다는 자신감이 생기자 수호에게는 결정 장애가 생겨 버렸다.

선택지가 하나라면 그냥 그것만 선택하면 된다.

그렇지만 선택지가 많아지면 오히려 무엇을 선택해야 할지 갈피를 잡기 힘들어진다.

어느 것을 선택하든 성공할 수 있다는 자신감이 있기에 더욱 그러했다.

세현이나 준렬이 제안했던 교관으로 PMC에서 신입 직원들을 교육시키는 것도 자신 있었다.

수호가 군대와 관련된 일에 꺼려지면서도 관심을 보이는 이유는 후배들이 자신과 같은 장애를 가지게 되는 게 걱정되었기 때문이다.

수많은 작전에 투입되어 성공적으로 작전을 마친 것에 대한 보상으로 무공 훈장까지 받은 자신이었다.

그런 군인이 작전 중 부상을 당하고 장애가 발생하였는데, 군에서의 대우는 정말 실망스러웠다.

그러니 직접적인 연관은 없다고 할 수 있지만 넓게 보면 후배들이 아닌가.

그들도 작전 중 부상을 당하고 또 자신과 같은 대우를 받고 실망할까 싶어 저어되었다.

그래서 세현이나 준렬에게 선뜻 대답하지 못했다.

또 연예 기획사 직원인 조주현이 명함을 주면서 연예인이 되어 보지 않겠느냐는 제안을 했을 때 흔들린 것도 한몫 했다.

군인 이외에 처음으로 관심을 가지게 된 직종이 바로 방송인이었기 때문이다.

조난을 당했다가 우연히 출연하게 된 TV 프로그램은 수호에게 신선한 충격을 안겨 주었다.

더욱이 함께 출연했던 연예인들이나 촬영을 하던 방송국 관계자들의 반응도 나쁘지 않았다.

하지만 가장 중요한 것은 자신의 능력이 많은 사람들에게 큰 관심을 갖게 만든다는 것에 보람을 느꼈다는 점이었다.

부상을 입었을 당시, 군 당국에 의해 그동안 자신의 모든 것이 부정당한 것 같은 느낌에 은둔형 폐인이 되었다.

그러다 집안의 강요에 의해 나간 해외여행에서 조난을 당하고, 또 외계인을 만나는 아주 특이한 경험을 하였다.

그 과정에서 장애 등급을 받고 은둔 생활을 하던 중 폐인에 가까워졌던 육체는 전성기 때보다 더 향상된 신체가 되면서 자신감을 회복했다.

뿐만 아니라 예능 프로그램을 촬영하면서 느낀 감정은 신체를 회복하면서 가졌던 자신감에 날개를 달아 주었다.

한국에 돌아와서도 수호는 그 느낌을 잊을 수가 없었다.

더군다나 귀국한 후에는 자신을 만나는 사람마다 놀라는 모습에 자신의 외모에 대한 자신감 또한 생겼다.

섬에서 예능 촬영을 할 당시에도 비슷한 말을 듣기는 했지만 그저 원활한 방송 촬영을 위해 한 말이라 생각했었다.

또 한국에 들어오기 전, 호텔에서 거울로 본 자신의 얼굴은 그렇게 많이 변하지도 않아 그냥 그러려니 했었다.

하지만 한국에 돌아오고 난 뒤로 생각이 바뀌었다.

외모의 변화는 본인이 가장 늦게 알게 된다는 이야기가 있다.

그처럼 주변 사람들의 반응을 보면서 수호는 자신의 외모가 전과 다르게 변했음을 알게 되었다.

그 중 가장 믿기 힘든 건 어려진 것 같다는 말이었다.

그 이야기가 사실처럼 느껴진 것은 몇 시간 전 만났던 동기들을 보면서였다.

1년 전 아프가니스탄에서 함께 복무했던 동기 준렬의 얼굴을 보았을 때, 비로소 주변에서 했던 이야기가 이해되었다.

함께 복무할 때만 해도 느끼지 못했는데, 오늘 보니 너무 큰 차이가 보였던 것이다.

햇빛을 많이 받아 검게 그을린 피부 톤이며 자잘한 주름이 보이는 준렬의 얼굴과, 외계인의 기술로 유전자가 조작되고, 또 오랜 은둔 생활로 햇빛을 보지 못한 수호의 얼굴은 나이 차를 열 살 이상으로 보이게 만들었다.

그 때문인지 연예 기획사의 캐스팅 매니저에게 연예인이 되어 보지 않겠냐는 제안을 받지 않았는가.

솔직히 옆에 있던 동기들만 아니었다면 바로 수락했을 것이다.

관심을 가지고 있던 분야에 먼저 제안이 들어온 것이 아닌가.

하지만 때가 좋지 않았다.

무언가 자신에게 할 말이 있어 만나자고 한 동기들이 있었기에 그 자리에서 수락하지 않고 돌려보냈다.

그런 미련 때문에 동기들의 제안도 확실하게 답을 주지 못하고 헤어졌다.

동기들과 헤어져 집으로 돌아오는 길에 그 문제로 고민해 보았지만 결론이 나지 않았다.

이는 수호가 하고 싶은 일이 하나둘 늘어나면서 생긴 문제였다.

그리고 지금도 잠시 고민해 보지만 역시나 결론은 나지 않았다.

탁.

샤워를 끝낸 수호는 물을 잠그고 화장실을 나왔다.

계속 고민한다고 해서 당장은 해결되지 않는다는 것을 잘 알기 때문이었다.

*   *   *

딸깍.

책상 옆 무중력 체어에 누워 오늘도 수면 학습을 하던 수호는 설핏 현관문 열리는 소리를 들었다.

'아버지께서 이제 들어오시는 것인가.'

도둑이 든 것일 수도 있지만 사실 수호가 살고 있는

집 주변에는 재력이 좀 있는 부자들이나 법원에 근무하는 판검사들도 많이 살아 보안이 철저하기에 도둑이 들 일은 거의 없었다.

그런 것을 감안하면 아마도 지방에 출장을 가셨다던 아버지께서 늦은 시간에 들어오신 것이 맞을 것이다.

몰랐으면 모르겠지만 깨어난 이상 수호는 자리에서 일어나 아버지를 맞이하러 1층으로 내려갔다.

벌써 새벽 1시가 넘어가는 시간이라 어머니의 모습은 거실에 보이지 않았다.

"아버지, 다녀오셨어요?"

"아직 안 자고 있었냐."

막 안방으로 들어가려던 중현은 느닷없는 아들의 목소리에 고개를 돌리며 물었다.

"뭐 좀 할 것이 있어서……. 그런데 무슨 일로 이렇게 늦게까지 지방을 다녀오시는 거예요?"

예전에는 아버지가 하는 일에 큰 관심이 없었지만 한번 사고를 당한 뒤에는 아버지가 예전보다 많이 늙었다는 것을 깨달았다.

그러한 생각을 하게 된 뒤로 아버지의 건강이 무척 걱정되었다.

"이제 연세도 있으신데 일 좀 줄이세요."

자신의 말이 별 도움이 되진 않겠지만 걱정스러워 그

리 말했다.

아버지가 무엇 때문에 그렇게 회사에 목을 매고 열심히 일하는지 잘 알고 있었다.

하나 그것과 상관없이 아버지가 좀 더 편하게 일하셨으면 하는 바람이 있었다.

"그래, 알았다."

중현은 예전과 달리 자신의 건강까지 신경 쓰는 아들의 말에 울컥하는 마음이 들었지만 가족의 미래를 위해 더더욱 열심히 일해야겠다는 결심을 하게 됐다.

"아버지, 한잔하실래요?"

수호는 아버지의 표정에서 자신에게 하고 싶은 말이 있는 것 같아 그렇게 물었다.

"그래, 좋지. 그럼 난 좀 씻고 오마."

"네. 그럼 전 아버지 오시기 전에 준비하고 있을게요."

"얼른 씻고 오랜만에 한잔하자."

"예."

아버지가 옷을 갈아입기 위해 방으로 들어가자 수호는 몸을 돌려 주방으로 향했다.

수호가 주방 냉장고에서 안줏거리를 찾아 준비하며 얼마의 시간이 흐르자 잠옷과 가운을 걸친 아버지께서 오셨다.

"호, 한잔하자고 하더니 뭐가 이렇게 거해."

아버지는 수호가 차려 놓은 술과 안줏거리를 보며 말을 꺼냈다.

하지만 수호가 내놓은 것은 그리 특별할 것이 없었다.

진열장에 있는 양주 한 병과 안주로 내놓은 크래커와 치즈, 그리고 육포 정도였다.

"무슨……. 일단 제가 따라 드릴게요."

수호는 빙그레 미소 지으며 술병을 들었다.

그러자 중현도 마주 웃으며 얼음이 들어 있는 잔을 들었다.

이는 중현의 취향을 알기에 수호가 미리 준비해 놓은 것이었다.

"크흑."

비록 얼음으로 희석했다고는 하지만, 중현이 거실 진열장에 모아 놓은 술들은 하나같이 알코올 도수가 30을 웃도는 독주들이었다.

지금 마시고 있는 술은 알코올 도수가 무려 46도나 되었다.

그러다 보니 한 모금 넘기는 데도 목이 화끈거렸다.

"그런데 오늘은 무슨 일로 대천에 있는 공장까지 내려가신 거예요?"

술이 한 잔 들어가자 수호는 궁금했던 것을 물었다.

도대체 사촌 형이 어떤 사고를 쳤기에 아버지가 그것을 수습하러 대천까지 내려가야 했는지를.

"음……."

아들의 물음에 중현은 작게 신음성을 토했다.

중현이 회사에서 전무라는 높은 직위에 있다지만, 겉으로 보이는 것처럼 그리 대단하진 않았다.

회사 외부에서야 전무 이사니 좋지 않겠냐고 하겠지만, 중현이 맡고 있는 일만 놓고 보면 전무라는 직책이 이상할 정도로 하잘것없었다.

그도 그럴 것이, 회사 내에 무슨 문제가 발생하면 그걸 해결하기 위해 천지 사방으로 뛰어다니는 일이었다.

업무 지원팀, 수장의 직급이 전무인데 규모는 팀이었다.

다른 부서의 업무가 원활하게 돌아가게끔 자질구래한 일들을 처리하는 곳이다.

그나마 중현이 전무인 건 전적으로 그가 오너 일가의 핏줄을 타고났기 때문이다.

만약 그렇지 않았다면 아무리 능력이 있다고 해도 전무란 직급은 어림도 없었다.

그러다 보니, 중현도 자신의 위치를 잘 알고 열심히 일하는 것이다.

그래야 자신의 아들인 수호가 회사에 자리를 잡을 수 있을 것이라고 생각했기 때문이다.

"공장에 사고가 발생했다."

"혹시 인명 사고인가요?"

사고라는 말에 수호가 눈을 반짝이며 물었다.

단순 사고라면 굳이 아버지가 대천까지 내려갈 일은 없었을 것이다.

전무라는 타이틀을 가진 아버지가 지방에 내려갔다는 것은 그냥 흐지부지할 사고가 아니란 소리였다.

그런 것을 유추하면서 나온 것이 인명 사고였다.

물건이 파손되는 정도라면 그냥 회사 내에서 손실 처리하면 끝날 문제다.

또 그렇다는 말은 뭔가 보상과 연관되고, 그 문제가 해결되지 않았음을 시사했다.

더구나 사고 해결이 여러 가지로 꼬여 있음도 어림짐작할 수 있었다.

"해결은……."

좀 더 깊은 것을 물어보고 싶어 말을 꺼내려는데…….

"그 문제는 해결이 되었는데, 다른 회사와 계약된 문제 때문에 좀 복잡해질 것 같다."

"네? 그게 무슨 소리예요."

인명 사고 보상은 해결되었지만 다른 회사와의 계약이 문제라니, 그건 무슨 말인가 의문이 들었다.

다른 회사와 문제가 된 것이라면 그건 아버지의 업무 범위를 넘어선 것이 아닌가.

그런 것은 본사에서 처리할 일이라 생각되는데, 아버지가 고민하는 것이 의아했다.

"그런 것은 사장인 큰아버지가 해결할 문제 아닌가요?"

자신이 생각하기에 이상한 부분이 있어 물었다.

"실은 그 계약을 따온 것이 나거든."

중현은 술을 한 모금 마시고 이야기했다.

'아니, 무슨…….'

아버지는 계열사들의 업무가 원활하게 돌아가게끔 기름칠을 하는 업무 지원팀 관리를 맡았다.

그런데 다른 회사에서 계약을 따오다니, 이건 또 뭔가 하는 의문이 들었다.

*　　　*　　　*

아버지의 이야기를 듣고 수호는 황당했다.

다른 것도 아니고 위험한 화약을 다루는 일이었다.

그런데 화약을 다루면서 조바심에 안전 수칙은 물론

이고, 기본조차 무시하며, 시험을 했다는 것이 납득되지 않았다.

아무리 다른 회사와 개발 경쟁을 하고 있었다 해도 이는 이해의 범위를 넘어선 일이다.

"아니, 그게 무슨……. 아무리 급해도 기본조차 지키지 않았다니?"

어느 곳이든 안전을 위해 정해 놓은 규칙이 있다.

사격 훈련을 하기 전 실탄을 사격하는 사격장과 조금 떨어진 곳에서 모의 훈련을 하고, 또 사로에 올라가기 전 밑에서 표지판에 쓰인 안전 수칙을 읽고 큰 소리로 떠든다.

이는 그만큼 실탄 사격이 위험하고, 자칫 사고가 발생하면 인명 피해로 이어지기 때문이었다.

운이 좋아야 부상이고, 재수가 없으면 생명을 잃을 수도 있었다.

그렇기 때문에 군인들도 사격 훈련이나 그와 비슷한 포사격 훈련 등 인명 사고로 연결되는 모든 분야에서 안전 수칙을 읽고, 큰 소리로 떠들게 하며 외우도록 한다.

그래야 자칫 방심하여 사고가 발생할 확률을 줄이려는 노력인 것이다.

그런데 다른 데도 아닌 화약을 연구하는 곳에서 이러

한 안전 수칙 위반으로 사고가 났다.

어머니께서는 지방 공장이라고 말씀하셨는데, 알고 보니 공장이 아닌 그곳에서 1킬로미터 정도 떨어져 있는 연구소에서 사고가 났던 것이다.

"그러게 말이다. 박사 학위까지 있는 놈이 뭐가 그리 급해서……."

중현은 아들의 말에 자조적인 목소리로 작게 중얼거리고는 목이 타는 듯 앞에 놓인 술잔을 벌컥 들이켰다.

"큭."

독한 술이라 중현의 기분과는 별개로 목울대를 넘어가며 화끈하게 자극했다.

쫄쫄쫄.

"천천히 드세요."

"알았다."

아버지의 분위기 때문에 쉽게 말을 걸지 못했지만 술이 몇 순배 돌자 수호는 조심스럽게 다시 물었다.

"무슨 실험이었는데, 폭발 사고가 나요?"

대천에 있는 연구소는 큰 사고가 아니라면 폭발할 만한 게 없는 것으로 알고 있다.

공장에서 생산하는 제품을 연구하는 곳이기에 소규모로 운영하다 보니, 폭발의 위험이 공장보다 훨씬 적을 수밖에 없는 것이다.

화학제품을 생산하는 공장이나 폭발 사고의 위험이 도사리고 있는 거지 연구소는 아닌 것이다.

그런데도 연구소에서 폭발 사고가 있었고, 인명 피해까지 발생했다는 것이 이상했다.

연구 도중 부주의로 화상 정도의 상해를 입었다면 그런 의문이 들지 않았겠지만 폭발 사고라 하지 않는가.

"휴."

중현은 아들의 물음에 다시 한번 한숨을 쉬고는 천천히 대답해 주었다.

"실은 우리도 군납 업체로 낙찰받기 위해 연구 중이었다."

"군납이요?"

수호는 아버지의 말에 깜짝 놀랐다.

군납이라는 것은 쉬운 일이 아니기 때문이다.

물론 군납 업체로 한번 선정되면 그다음부터는 쉽게 퇴출이 되지 않기 때문에 큰돈은 벌기 힘들어도 안정적인 판로를 만들 수 있었다.

더욱이 기업에게 많은 혜택이 있는데, 나라에 납품하는 것이기에 세무 조사에서 조금은 여유로울 수 있다는 장점이 있었다.

대한민국 세무법을 보면 사실 여기저기 허술한 부분이 많아 기업 활동을 하는데 여간 애로 사항이 많은 게 아니다.

정말이지 귀에 걸면 귀걸이고, 코에 걸면 코걸이 식으로 절세를 한 것이지만 또 다른 각도로 보면 세금을 포탈한 것으로 볼 수 있는 경우도 있었다.

일례로, 한 유명 방송인이 세무 신고를 하였는데, 뒤늦게 세금 포탈 혐의로 검찰에 고발된 일이 있었다.

나중에야 세무사의 실수로 세금 포탈이 아닌 세금 누락으로 결론이 나면서 사건이 흐지부지되긴 했다.

하나 그 해당 방송인은 그 전까지 국민들에게 국민 MC라 칭송을 받았었는데, 그 사건 이후로 상당한 피해를 입었다.

출연하던 여러 프로그램에서 하차를 하고, 연예계 활동 중단과 은퇴 기자 회견이 벌어지기도 했다.

자잘한 구설수는 있었지만 그래도 대체로 그런 쪽으로는 깨끗한 이미지를 가지고 있어 힘든 시기에 국민들에게 웃음과 에너지를 북돋아 주던 이미지에서 세금 납부를 속인 연예인으로 낙인이 찍혀 버린 것이다.

아니란 것이 알려졌음에도 한 번 찍힌 이미지는 쉽게 거둬지지 않았다.

지금이야 그때의 사건이 정부나 상류층들의 사고를 덮기 위한 무마용으로 만들어진 사건이라는 걸 국민들이 알게 되면서 많이 희석되었지만, 아직도 사실로 믿는 사람이 있을 정도다.

그러니 기업들이 국세청의 세무 조사에 신경을 쓰는 것은 어쩌면 당연한 문제였다.

힘들게 운영을 하는데 느닷없이 들이닥쳐 업무를 못 하게 막으면서 회사를 휘젓고 다닌다면 회사 일을 제대로 볼 수나 있겠는가.

그렇기 때문에 수호의 집안도 기업을 운영하면서 어떻게든 군납을 하려고 하는 것이다.

일단 군납 업체로 선정이 되면 국방을 위해서라도 회사를 흔드는 일을 자제할 것이니 기업의 입장에서 보면 이보다 좋을 순 없는 것 아니겠는가.

특히나 다른 제품들과 다르게 시장 경제의 영향을 덜 받는 사업이었다.

제품 하나하나가 일반 공산품에 비해 높은 가격을 받기는 해도 많이 찍어 낼 수 없다는 단점은 갖고 있다.

그래도 어찌 되었든 안정적으로 판매된다면 그 또한 이익이었다.

"그래서 어떤 종목으로 군납을 하시려고 하는데요?"

군납을 위해 연구 중이란 소리에 수호는 눈을 반짝였다.

'나쁘지 않아.'

비록 전역을 할 때 관계가 좋지 않게 끝나긴 했지만

그래도 수호는 사업적으로 군납을 하려는 건 나쁘지 않은 선택이라고 생각했다.

"너도 들었는지 모르겠지만, 몇 년 전 포 사격장에서 폭발 사고가 나지 않았냐."

'아.'

폭발 사고라는 아버지의 말에 수호도 뭔가 떠오르는 것이 있었다.

물론 그때는 수호가 아프가니스탄에 있었을 때이기에 자세한 내용을 알지는 못하지만, 포 사격 훈련 중 장약이 포 내부에서 폭발하는 바람에 인명 피해가 발생했던 사건이다.

"그건 풍삼과 ADD(국방 과학 연구소)에서 연구하고 있다 하지 않았어요?"

자신이 알기론 국방 과학 연구소에서 그와 관련된 연구를 하고 있고, 또 민간 회사에서는 국가에 대부분의 포탄과 화약을 납품하는 풍삼에서 연구하는 중이라고 들었다.

폭발력이 강하면서도 충격이나 불에 취약하지 않은 둔감 화약을 말이다.

그런데 집안 회사에서도 그와 같은 연구를 하고 있다는 이야기에 놀랐다.

"회사가 그런 것도 연구할 정도로 커졌어요?"

수호는 물어보지 않을 수가 없었다.

수호의 집안에서 운영하고 있는 회사가 막 뉴스에 나오는 것처럼 재벌은 아니지만, 그래도 직원 수만 100명 이상의 회사를 다섯 개나 운영하고 있었다.

뿐만 아니라 50인 이하 회사도 두 곳이나 있고, 이를 모두 합치면 직원 수만 1,000명을 약간 넘었다.

이런 것을 보면 수호의 집안도 재벌은 아니어도 상당한 재력을 보유했다는 것을 알 수 있다.

"네 큰아버지께서 운영을 잘하시고 있으니……."

말을 길게 이어 가진 않았지만 아버지가 무슨 이야기를 하려는지 잘 알았다.

"그렇다고 하고, 준호 형은 왜 그랬대요?"

이야기는 다시 처음으로 돌아갔다.

연구소를 책임지고 있는 정준호가 무엇 때문에 실험을 서두르다 큰 사고를 친 것인지 이해할 수가 없었기 때문이다.

*　　　*　　　*

쾅!

정상현은 화가 나 책상을 손바닥으로 내려쳤다.

"내가 지금 형님에게 불려가서 무슨 소리를 들었는지

알기나 해."

얼굴이 붉게 상기되어 금방이라도 폭발할 것만 같은 상현이 눈썹을 치켜세우며 소리쳤다.

그런 상현의 앞에는 그의 큰아들인 준호가 고개를 숙인 채 서 있었다.

'제길.'

아버지의 호통에 준호는 눈도 마주치지 못하고 고개를 숙인 상태에서 속으로 욕을 하였다.

혈기 방장한 중년의 서슬에 대들지도 못하고 마음속으로만 화를 삭였다.

"입이 있으면 말을 해 봐. 이제 어떻게 할 거야!"

고개를 숙이고 있는 아들의 모습에 답답한 나머지 다시 한번 소리쳤다.

"저도 그렇게 될 줄 몰랐어요. 데이터 상으로는……."

준호는 화가 잔뜩 나 있는 아버지의 기세에 작게 자신을 변호했다.

"뭐."

"분명 데이터 상으로는 3초간 버틸 수 있는 것으로 나왔다고요."

말을 하던 준호는 급기야 항변하듯 소리쳤다.

분명 자신의 데이터에 계산 값으로는 섭씨 800도에서

3초간 버텼다.

그래서 연구소 한쪽에 마련된 시험장에서 현장 시험을 했던 것이다.

데이터 값과 실제가 어느 정도 차이를 보이는지 알기 위해서 말이다.

시험은 예상 밖이었다.

아니, 이것은 전적으로 연구 책임자인 준호의 실책이었다.

정준호가 컴퓨터로 시뮬레이션을 해 봤을 때 조건 값은 섭씨 800도였다.

하지만 실제 시험에서 화약이 들어간 원통의 온도는 그보다 높은 섭씨 1,000도였던 것이다.

그러다 보니 데이터 값에 나왔던 3초라는 결과 값과 다르게 개발된 화약은 그보다 빠르게 연소되면서 폭발을 해 버린 것이다.

이 때문에 미처 안전지대로 대피하지 못한 연구원들이 폭발에 휘말려 사고를 당했다.

차라리 포구 안의 온도를 좀 더 높여 군이 요구하는 악조건보다 더한 조건에서 시뮬레이션을 돌리고 그 값을 토대로 시험했더라면 아마 인명 피해는 없었을 것이다.

그런데 준호는 무슨 이유에서인지 군에서 요구한 포

구 온도에 맞춰 딱 그 정도만 컴퓨터에 입력을 하고 시뮬레이션을 하였다.

그리고 그 결과 값에 만족하고 실 시험을 했다.

그러다 보니 현장의 변수를 예측하지 못해 폭발 사고가 발생하고 말았다.

"이 자식아, 몇 번이나 말을 해."

쾅!

상현은 다시 한번 호통과 함께 책상을 두들겼다.

그렇지 않았다가는 화를 주체하지 못해 아들을 칠 것 같았기 때문이다.

잘못을 했으면 반성해야 함에도 불구하고 대학을 나오고 박사까지 땄다는 놈이 변명을 하고 있으니 열불이 났다.

"네 말이 맞다 해도, 결과가 다르면 그건 다른 거야. 알아!"

억울하다는 표정을 하고 자신을 쳐다보는 아들의 모습에 상현은 미간을 찌푸리며 말했다.

사회는 결코 중간 과정을 인정하지 않는다.

모든 것은 결과를 보고 결정이 나는 것이다.

그런데 아들은 아직도 자신이 학교에서 교육받고 있는 학생으로 착각한 것인지 자신이 계산한 데이터 값이 맞았다며 항변을 하고 있었다.

"네 계산이 맞다 하자. 그게 뭐? 시험에서는 사고가 발생을 했어."

상현은 거듭 이야기하였다.

"그리고 넌 그 시험을 주관했고. 연구원 한 명이 죽고 세 명이 중상을 입었어. 이제 어떻게 할래."

더 이상 어떤 말을 해도 아들이 이해하지 못하는 것 같자 상현은 이해시키려 하지 않고 요점만 간단하게 말한 후 물었다.

어떻게 책임질 것인지를 말이다.

"음……."

준호는 그런 아버지의 물음에 쉽게 대답하지 못했다.

아버지의 말대로 시험을 주관한 것은 엄연히 자신이었기 때문이다.

연구소 소장은 따로 있었지만 자신이 그곳 연구소의 수석 연구원이었고, 시험을 주관했다.

더욱이 연구소의 전권을 행사하는 것은 자신이었다.

연구 소장은 그저 명목상으로 올려놓은 자리이지 권한이 있지는 않았다.

그러니 사고의 책임도 자신에게 있었다.

"그렇긴 하지만 작은아버지께서 잘 수습하지 않았습니까? 그럼, 된 것 아니에요?"

자신의 실수이지만 수호의 아버지 중현이 사고를 해

결하였기에 별다른 문제가 없지 않느냐는 항변이었다.

"하, 이 자식 정말 사회생활을 공으로 하려고 하네."

상현은 자신의 아들이지만 준호의 대답이 너무도 어처구니없었다.

다른 사람이 해결했으니 자신은 문제없는 것이 아니냐는 아들의 말에 할 말을 잃고 말았다.

대학원까지 나오고, 나이도 낼모레면 마흔을 바라보고 있는 성인의 입에서 어떻게 그런 소리가 나오는 것인지 이해할 수 없었다.

아무리 고슴도치도 제 새끼는 함함하다 하지만 이건 선을 넘은 것이다.

"넌 네 큰아버지가 이 문제를 그냥 넘어갈 것이라고 보냐."

상현이 무심한 목소리로 물었다.

자신의 형이 이번 사고를 절대로 그냥 넘기지 않을 걸 잘 알고 있었기 때문이다.

어떻게 해서든 형은 회사의 전권을 잡으려 했다.

자신과는 같은 배에서 태어났기에 덜하지만, 배다른 형제인 중현에게 하는 것을 보면 잘 알 수 있었다.

사실 상현은 자신의 형인 정진현의 비밀 하나를 알고 있었다.

어려서 그렇게 총명하던 수호가 어떻게 해서 그렇게

엇나가기 시작한 것인지 말이다.

혹시나 똑똑한 수호가 성장해 자신의 자식들에게 위협이 될까 봐 미리 손을 썼다는 것을 상현은 알고 있었다.

아니, 은근히 그런 일에 동조했다.

그도 자식이 있기에 나중에 수호가 성장해 자신의 자식들의 앞길을 막을까 걱정되어 모르는 척 눈감았었다.

결과적으로 그런 자신의 행동은 성공을 보였다.

수호는 더 이상 공부하는 것에 관심을 보이지 않은 것은 물론이고, 사고를 치고 다니는 바람에 집안 어른들의 눈 밖에 나고 말았다.

어린 조카에게 한 일에 대해 조금 미안한 감이 있었지만 그래도 조카보단 자신의 자식이 우선이지 않은가.

그나마 수호가 다른 쪽으로 눈을 돌려 사업에는 관심을 보이지 않는 것이 다행이란 생각도 들었다.

그런데 경쟁자 하나를 치웠다고 자신의 형이 그냥 그대로 넘어갈 사람이 아님을 알고 있었기에 자신의 자식들에게 철저히 교육을 시켰다.

수호만큼은 아니어도 수재 정도 되었기에 자식들은 자신의 의도대로 잘 컸다.

큰아들은 박사 학위를 받고, 연구소 수석 연구원 자리에 앉았다.

둘째도 계열사 실장으로 회사에 자리를 잡았다.

그런데 이번에 문제가 발생하고 말았다.

다른 것도 아니고 인명 사고였다.

모든 면에서 자유로울 수 없는 자리에 앉아 있기에 어떻게든 형님은 책임을 물으려 할 것이 분명한데, 정작 자신의 큰아들은 정신을 못 차리고 있었다.

8. 첫 번째 물건

아버지와 저녁 깊은 시각에 이야기를 나눈 것도 벌써 일주일이 지났다.

그날 아버지에게 들은 이야기는 그동안 수호가 생각해 오던, 아니, 우리나라 국민들이 생각하던 군대와 조금 달라 너무도 뜻밖이었다.

동맹국 고위 장성들 몇 명을 초청해 시범을 보이던 포 사격 훈련에서 큰 사고가 발생했다.

세계적으로도 우수한 자주포인 K—9 썬더를 동맹국에 알려 해외 판매를 위한 자리였는데, 어처구니없게 사고가 발생하면서 비상이 걸렸다.

사실 그 사고는 어쩔 수 없는 K—9의 성능적 한계 때문에 발생했던 것이다.

포를 발사하면 약실 내에 그 열이 남아 사격을 계속하면 약실 내 온도가 상승을 한다.

그 때문에 계속적인 포사격을 하기 위해선 약실의 온도를 낮춰야 하는데, K—9을 급히 만들다 보니 설계상으로 한 가지를 빼먹고 말았다.

세계 최강이라 불리는 독일의 PzH2000이나 미국의 M—109 팔라딘 자주포의 경우, 포 발사 후 약실에 냉매를 분사하여 온도를 낮추는 설계가 되어 있다.

하지만 K—9의 경우, 이런 설계가 되어 있지 않기에 최대 3분간, 분당 여섯 발을 발사할 수 있지만 그 후로는 약실 내 온도가 높아져 분당 두 발로 느려진다.

사고는 여기서 발생하였다.

독일이나 미국의 경우 자주포의 설계부터 약실 내 온도를 일정하게 유지하는 기술을 가지고 있는 것은 물론이고, 화약 또한 높은 온도에도 쉽게 폭발하지 못하게 둔감 화약을 개발하였다.

대한민국도 이런 고급 화약을 개발하기 위해 노력하여 상당한 기술력을 갖췄지만, 독일이나 미국을 따라가기에는 아직 멀었다.

그 때문에 사고 이후 군에서는 K—9의 업그레이드는

물론이고, 사용되는 화약도 독일이나 미국의 수준에 이르는 신형 화약 개발을 요구하였다.

이에 국방 과학 연구소(ADD)는 물론이고, 화약을 제조하는 방위 사업을 하는 국내 업체와 방위 사업에 참여하고 싶은 화학 관련 업체에도 공문을 보내 이를 연구하게 했다.

예전 같았으면 밀실 안에서 그들만의 리그로 처리되었을 것이지만 이제는 아니었다.

세월이 흐르면서 세계는 정보화 사회가 되었고, 비밀을 숨기기는 더욱 어려워졌다.

그 때문에 군에서도 투명하게 국내 방위 사업을 하는 업체를 경쟁시켰다.

그래야 최대한 빠르게 신형 화약이 개발되어 전력 공백을 메울 수 있는 것은 물론이고, 수출에도 변수를 막을 수 있지 않겠는가.

대천의 연구소에서 기존 화약의 성능을 10% 향상시킨 신형 화약이 개발되었다.

하지만 군의 요구 성능에는 미치지 못했다.

군이 요구한 성능은 독일의 PzH2000의 분당 여섯 발을 발사하는 것이었다.

하지만 연구소에서 개발한 화약이 4분까지는 비슷한 성능이 나왔지만 그 후에는 기존 화약과 별반 다르지 않았다.

섭씨 1,000도에서 폭발하는 것은 같았던 것이다.

다만 고무적인 것은 기존 화약이 초기 3분간 분당 여섯 발의 발사 속도를 유지했다면, 연구소의 것은 1분 늘어난 4분을 기록했다는 점이었다.

그렇지만 연구소에서 개발한 화약도 군의 요구 사항을 충족하지 못한 것이기에 별 소용이 없었다.

이에 수호는 아버지를 돕기 위해 나서기로 하였다.

비록 관련 학위는 가지고 있지 않지만 외계인의 도움으로 똑똑해진 머리가 있었다.

슬레인이 공부하는 것은 매일 밤 수면 학습으로 그의 머릿속에 착실하게 들어와 있었다.

그러니 조금만 연구하면 충분히 가능할 터였다.

하다 안 되면 슬레인을 통해 독일이 개발한 화약이나 미국의 화약을 가지고 연구하면 되는 문제였다.

*   *   *

"하, 어렵네."

아버지에게 도움이 되기 위해 연구를 해 봤지만 쉽지 않았다.

슬레인을 통해 자료를 수집하고 여러 연구소들과 기

업들이 연구하던 자료까지 참고해 봤지만, 그들이 가진 특허를 피해 새로운 화약을 만들어 내는 것은 쉬운 일이 아니었다.

열에 강하면서도 기존 화약이 가지고 있는 폭발력을 유지하거나 향상시켜야 하는 일이기에 결코 쉽지 않았다.

더욱이 수호는 혼자 연구하다 보니 전문가에게 조언을 받을 수도 없었다.

수호가 조언을 구할 곳은 결국 슬레인뿐이지만, 현재 슬레인은 지능을 키우기 위해 빅 데이터를 학습하는 것에 일정 부분 기능을 할애하고 있었다.

그러다 남은 부분은 자신의 신체를 만들기 위한 자본을 벌기 위해 주식 투자에 사용하고 있었다.

그러니 현재로서는 수호를 도울 수가 없었다.

이는 수호의 허락이 있었기에 가능했다.

스스로 인정해 놓고, 슬레인을 자신의 일에 사용하기 위해 하던 것을 멈추게 하는 것은 수호의 자존심상 용납이 되지 않았다.

그렇기에 이렇게 혼자 끙끙거리며 연구를 하는 것이다.

그나마 대행인 것은 슬레인이 학습하는 부분 중 화학 부분을 많이 다루면서 매일 밤 수면 학습으로 지식을 쌓고 있다는 점이었다.

만약 그런 것도 없었다면 정말로 똑똑해진 수호라 해도 맨땅에 헤딩을 하고 있을 터였다.

[주인님, 연구가 더 이상 진행되지 않을 때는 시선을 돌려 보는 것이 어떻겠습니까?]

한창 주식 거래로 돈을 벌고 있던 슬레인은 자신의 주인인 수호가 문제에 막혀 끙끙거리고 있는 것을 보자 말을 걸었다.

"시선을 돌려?"

연구 진행이 막혀 힘들어하고 있을 때 느닷없이 들리는 슬레인의 목소리에 고개를 들어 의문을 표했다.

"시선을 돌리다니, 그게 무슨 말이야."

슬레인의 말에 의문을 느낀 수호는 다시 물어보지 않을 수 없었다.

그러자 슬레인이 자신의 생각을 이야기하였다.

[새로운 화약을 만드는 일은 쉽지 않습니다. 하지만 문제를 해결하는 방법은 그것 하나만 있는 것이 아닙니다.]

슬레인이 생각하기에, 굳이 높은 온도에도 견딜 수 있는 신형 화약만 있는 것이 아니란 생각에 주인인 수호에게 넌지시 말했던 것이다.

직접적으로야 그러한 신형 화약을 개발하는 것이 좋겠지만 그건 시간이 오래 걸릴 것이다.

이는 잠을 자지 않고 24시간 연구할 수 있는 자신이라도 현 상태에서는 시간이 꽤 오래 필요한 일이었다.

그렇지만 관점을 다른 쪽으로 돌려 보면, 높은 온도에 견딜 수 있는 방법이 있었다.

첫 번째가 신형 화약을 개발하는 것이라면, 두 번째 방법은 독일이나 미국의 자주포처럼 포구 약실의 온도를 낮춰 줄 수 있는 장치를 설계하여 설치하는 것이다.

하지만 그렇게 된다면 자주포를 신형으로 다시 개량해야만 하는 문제로, 결코 수호의 집안과 같은 중견 기업이 할 수 있는 게 아니었다.

이는 자주포를 설계한 대기업에서 해야 할 일인 것이다.

세 번째 방법으로는 화약을 담는 주머니가 높은 온도를 차단할 수 있게 혹은 화약에 직접적으로 작용하는 시간을 늦추는 것이 있었다.

이 중 슬레인이나 수호가 선택할 수 있는 방법은 한 가지뿐이었다.

첫 번째는 시간이 부족한 관계로 통과, 두 번째 방법은 현재 수호의 집안이 가진 역량으로는 감당할 수 없으니 또 통과.

이렇게 첫 번째와 두 번째 방법은 여건상 할 수 없으니 남은 것은 마지막 세 번째 방법뿐이었다.

화약의 폭발로 달궈진 포구 안 약실의 온도를 화약에 닿지 않게 차단할 수 있는 방화벽 역할을 할 무언가를 만드는 방법이었다.

슬레인은 이러한 것을 주인인 수호에게 이야기하였다.

"그러니 네 말은 달궈진 약실과 화약이 폭발하지 않게 중간에 열을 차단할 수 있는 단열재를 연구하란 말이지?"

[그렇습니다. 현재 여건상 주인님이 연구할 것은 단열재가 합당합니다.]

현재 수호의 입장에서 연구하기 편하고, 또 아버지에게 도움이 되는 것은 바로 그것이었다.

"고마워, 슬레인. 그런데 주식 투자는 잘 되고 있어?"

수호는 문득 주식 생각이 들었다.

슬레인이 주식 거래를 위해 도움을 청한 지 일주일이 흘렀다.

자본금으로 3천만 원을 주었는데, 얼마나 벌었을지 궁금했기 때문이다.

[네. 잘 되고 있습니다.]

슬레인의 대답에 또 다른 궁금증이 생겼다.

겨우 일주일이 지났기에 3천만 원으로 벌어야 얼마나 벌었겠냐는 생각이 들기도 했지만, 그래도 액수가 자못 궁금해졌던 것이다.

[현재 주식 거래 계좌에 있는 총액은 1억 3천만 원입니다.]

'헐, 겨우 일주일 만에 네 배가 넘게 벌었단 말이야.'

토요일과 일요일은 장이 열리지 않기에 정확하게는 오 일이었다.

그런데 주식 거래를 한 지 겨우 오 일 만에 슬레인은 수호가 자본금으로 준 3천만 원을 1억 3천만 원으로 뻥 튀기해 버렸다.

원금 3천만 원을 제하더라도 1억 원을 벌어들인 것이다.

[한국의 장은 등락폭이 정해져 있어 이 정도밖에 벌 수가 없었습니다.]

'뭐지.'

슬레인이 하는 이야기를 듣고 있던 수호는 문득 이상한 느낌을 받았다.

뭔가 아쉬워하는 듯했기 때문이다.

마치 어떤 기회만 있었더라면 더 잘할 수 있었을 것이란 뉘앙스와 비슷했다.

그러한 수호의 느낌은 뒤이어 나오는 슬레인의 말에 확신하게 되었다.

[자본금이 1억 원만 되었어도 더 벌어들일 수 있었는데, 아까웠습니다.]

기회가 있었는데 자본금이 적어 그것을 놓친 걸 아쉬워하는 슬레인의 말투에 수호는 깜짝 놀랐다.

처음 슬레인을 착용했을 때 느낀 것이지만, 종종 슬레인은 기계가 아닌 인간처럼 느껴질 때가 한두 번이 아니었다.

아니, 이제는 컴퓨터를 통해 학습하면서 그러한 느낌이 강해졌다.

처음 만났을 때는 한계가 확실하게 느껴졌지만 이젠 아니었다.

눈을 감고 대화하면 잘 숙련된 집사와 이야기하는 것 같았다.

[그래도 다음 주 정도면 국내뿐만 아니라 해외 주식도 거래할 수 있을 것 같습니다.]

"뭐, 해외 주식도 거래하겠다고?"

[네. 그렇습니다. 한국의 주식 거래장은 오전 9시에 장이 열리고, 오후 3시면 장이 끝납니다. 그렇지만 다른 나라의 주식 거래가 끝나는 것은 아닙니다.]

슬레인은 대한민국의 주식 장이 끝나도 다른 나라는 끝나는 것은 아니란 걸 수호에게 이야기하였다.

시차가 있으니 전 세계적으로 넓게 볼 때 매일 장이 지속되고 있다고 할 수 있었다.

어느 나라의 주식 장이 거래가 끝나도, 다른 나라는 그때 열리고 있었기 때문이다.

하지만 해외 주식 거래를 하기 위해선 일정 자격을

갖춰야만 했다.

그건 무슨 자격증이 있는 것이 아니라, 일정 수량의 자본이 있음을 증명하는 것이다.

즉, 주식 거래 계좌에 자본금이 어느 정도 유치되어 있어야 한다는 소리였다.

슬레인은 이런 자본을 갖추기까지 앞으로 일주일을 언급했던 것이다.

"굳이 해외 주식 시장까지 넘어갈 필요가 있나?"

문득 의문이 들었다.

돈을 벌기 위해 해외 주식 거래까지 해야 할까 싶은 생각이 들었던 것이다.

[얼른 돈을 벌어 제가 필요한 신체를 만들고, 또 주인님께 도움이 되기 위해선 갖춰야 할 것들이 많습니다. 그러한 것들을⋯⋯.]

슬레인의 관점에서 모든 것의 중심은 수호였다.

인공 생명체인 슬레이브의 존재 목적은 주인에 대한 보조였다.

주인 된 자의 의지가 어떤 것인가에 따라 그것을 보조하기 위해 슬레이브들은 은하 연방이 정한 법칙의 테두리 안에서 모든 것을 수행한다.

이는 슬레인의 주인이 은하 연방에 속한 존재가 아닌 지구인이라도 마찬가지였다.

그러니 주인인 수호에게 도움이 되기 위해 필요한 신

체를 만들려고 돈을 버는 것이고, 또 수호가 어떤 것을 연구하려고 하자 그것을 돕기 위해 학습을 하던 중간에 나와 수호에게 조언을 했던 것이다.

이 모든 것이 주인을 돕기 위한 슬레이브의 숙명이고, 슬레인의 존재 의의였다.

그런고로 하루라도 빨리 필요한 자금을 위해 기본 자금이 모이면 해외 주식 거래장까지 노리는 것이다.

지능의 일정 부분을 24시간 주식 거래로 돌리면 지금보다 몇 배는 더 빠르게 자금이 모일 것이고, 그렇게 모인 자금의 일부를 이용해 자신의 신체는 물론이고, 필요한 서버를 갖출 계획이었다.

뿐만 아니라 주인이 연구하고 있는 부분에 대해서도 여러 각도에서 살펴 연구할 예정인 것이다.

[주인님, 조금만 기다려 주십시오. 이번 일만 어느 정도 궤도에 오르면 이 슬레인이 주인님을 돕겠습니다.]

슬레인이 선언하듯 수호에게 말했다.

"하하, 그렇게 이야기해 주니 내가 고맙다."

수호는 슬레인의 말에 너무 고맙기도 하고, 또 어처구니없기도 해서 웃다가 고맙다는 말을 전했다.

외계인이 주고 간 선물로 자신의 소유물이기는 하지만, 이렇게 이야기하는 슬레인을 볼 때면 좋은 친구처럼 느껴졌다.

　　　　　*　　　　*　　　　*

　슬레인의 조언을 듣고 연구 방향을 바꾸었다.

　높은 열에도 견딜 수 있는 화약을 개발하려던 것에서 외부의 높은 온도에 견딜 수 있는 물질을 연구하는 것으로 말이다.

　그 첫 번째로, 현재 개발된 단열재들을 찾아보았다.

　여러 종류의 단열재들이 있었는데, 이 중 몇 가지는 현재 연구와 맞지 않아 빼 버렸다.

　뿐만 아니라 높은 단열 효과가 있다고 해도 화약을 담을 수 있는 용기로 만들 수 없는 재료도 뺐다.

　그러다 보니 사실 수호가 원하는 것은 거의 없었다.

　비슷한 것이 있기는 했지만, 그건 화약을 담을 수 있게 만들 순 있어도 정작 포탄 발사를 위해선 맞지 않았다.

　수호가 눈여겨 본 것은 우주선이 우주에서 지구로 진입할 때 높은 마찰열을 견디게 해 주는 단열 타일이었다.

　이 단열 타일을 만드는 원재료가 흙이기에 쓸 수 있지 않을까 하는 생각에 연구를 해 보았지만 결과적으로 부적합 판정을 내렸다.

자주포는 전차포와 다르게 탄피가 없다.

이는 자주포가 탱크와 비슷하게 생겼지만 그 쓰임새가 다르기에 포를 쏘는 방식이 달랐다. 그렇기에 자주포는 탱크와 다르게 탄피가 없었다.

포탄을 발사하기 위해 약실에 포탄을 넣고, 추진력을 얻기 위해 화약이 들어 있는 포탄 주머니를 넣는다.

탱크는 총처럼 탄두와 탄피가 일체형으로 이루어진 포탄을 사용하는 반면, 자주포는 사거리에 맞게 하나에서 두 개 정도를 넣고 발사한다.

그러니 우주선의 세라믹 타일은 자주포에 사용되는 화약 주머니로는 맞지 않았다.

하지만 비슷한 효과를 만들어 내기 위해선 이런 세라믹 타일을 자주포에 사용될 수 있게 만들면 되지 않을까 하는 생각이 들었다.

그리고 어떻게 하면 그런 효과를 가진 화약 주머니를 만들 수 있을지 연구에 돌입했다.

*　　　*　　　*

부주의로 사고가 발생했지만 사고 수습은 본사에 맡기고, 연구소는 프로젝트를 완료하기 위해 계속 연구해야만 했다.

타닥. 타다다.

"젠장, 어떻게 된 거야."

정준호는 연신 키보드를 두들기며 무언가를 찾고 있었다.

어찌 된 일인지 아무리 컴퓨터를 뒤져 봐도 그동안 자신이 맡고 있던 프로젝트의 파일이 보이지 않았다.

아니, 파일 프로그램은 보이는데, 정작 내부에 들어가면 핵심 데이터가 파괴되어 있었다.

그래서 백업을 해 놓은 디스크를 찾아 프로그램 백업을 했음에도 불구하고 복구되지 않았다.

"정 수석님, 무슨 일 있으세요?"

막 출근한 연구원 한 명이 자신의 책상에 앉아 무언가 찾고 있는 정준호를 보며 물었다.

정준호와 이번 프로젝트를 함께하는 연구원 중 한 명이었다.

"이정호 씨, 혹시 백업 파일 가지고 있어?"

자신이 가지고 있던 백업 파일로 업데이트를 해도 소용이 없자 마침 출근을 한 이정호를 보며 물었다.

"백업 파일이요? 물론 가지고 있죠."

연구소의 수석 연구원이자 실질적인 최고 책임자라 할 수 있는 정준호의 물음에 정호가 대답했다.

하지만 자신이 가지고 있는 것은 본인의 담당 부분만

으로, 이번 프로젝트 전체 파일은 가지고 있지 않았다.

"제가 가진 것은 제가 담당하던 부분 파일뿐입니다."

"알아요. 제가 가지고 있던 파일에 무슨 문제가 생긴 것 같으니 그거라도 일단 주세요."

프로젝트의 보안을 위해 전체 백업 파일은 연구 책임자인 자신만 가지고 있었다.

다른 연구원들의 경우에는 보안을 위해 자신들이 담당하고 있는 부분만 갖고 있었고 말이다.

그런데 어떻게 된 일인지 모든 정보가 담겨 있던 백업 파일이 망가져 어쩔 수 없이 연구원들이 출근을 하면 하나하나 다시 다운받아 복구해야 했다.

"알겠습니다."

"참, 그리고 지금 다른 연구원들에게 연락해서 백업 파일을 가지고 오라고 해 주세요."

정준호는 망가진 파일을 삭제하고 새롭게 백업 파일을 업데이트하기로 결정하며, 이정호 연구원에게 지시를 내렸다.

"네. 그렇게 하겠습니다."

정호는 대답했지만 지시만 내리고 고개를 숙이며 키보드를 두드리는 정준호의 모습을 한 번 지켜보다가 자리를 떴다.

　　　　*　　　　*　　　　*

　연구실을 나온 이정호는 수석 연구원인 정준호의 지시대로 함께하던 연구원들에게 연락을 내리고 어디론가 향했다.

　그가 간 곳은 이 연구소 소장이 머무는 소장실이었다.

　똑똑똑.

　소장실 앞에 서서 노크를 하자 안쪽에서 목소리가 들렸다.

　"들어와."

　끼익.

　이정호는 허락이 떨어지자 문을 열고 안으로 들어갔다.

　"무슨 일이야."

　며칠 전 연구소에 사고가, 그것도 폭발 사고로 인명 피해가 발생하는 큰 사고가 났음에도 연구소 소장의 자리에 있는 안정훈의 표정은 그리 나쁘지 않았다.

　보통 실권이 없는 사람이라도 자신이 다니는 직장 내에 이런 사고가 발생하면 분위기에 휩쓸려 표정이 좋지 않을 것이다.

　그런데 안정훈의 표정은 마치 자신과 상관없는 일이

라는 듯 밝았다.

소장실에 들어온 이정호는 그를 보고 고개를 숙이며 인사했다.

"그래, 무슨 일로 이른 시간에 날 찾아온 것이야?"

안정훈은 아침부터 자신을 찾아온 이정호를 보며 물었다.

"정준호 수석이 백업 파일을 달라고 했습니다."

"이제야? 역시 그놈은 기본이 되어 있지 않아."

이정호가 한 말에 안정훈은 한쪽 입꼬리를 올리며 말하였다.

명백히 정준호를 비웃는 모습을 전혀 거리낌 없이 드러냈다.

한때는 이곳 연구소의 책임자로 누구보다 열정적으로 연구에 앞섰다.

하지만 연구소에 정준호가 들어오면서 안정훈의 그런 열정은 차갑게 식어 버렸다.

족벌 회사라는 것의 병폐가 자신이 다니는 곳에도 만연해 있다는 것을 깨닫자 안정훈의 열정은 급속히 냉각되었던 것이다.

이제 겨우 박사 학위를 받은 초짜를 연구소 수석의 자리에 앉히는 회사의 방침이 그의 자존심에 금이 가게 만들었다.

뿐만 아니라 중요 프로젝트에는 꼭 정준호의 이름이 올라갔다.

정작 정준호가 프로젝트에 어떤 공헌을 하지 않은 것은 물론이고, 참여도 하지 않은 프로젝트에도 말이다.

회사를 위해 10여 년을 기여하고 여러 연구를 성공적으로 끝낸 자신이나 그의 밑에 있던 연구원들의 노력을 폄하하고, 새롭게 들어온 정준호에게만 찬사를 보내는 경영진에게 안정훈은 회의를 느꼈다.

"걱정할 것 없어. 그놈은 절대로 성공하지 못해."

무엇을 걱정하지 말라는 것일까.

안정훈는 차갑게 식은 눈빛으로 어딘가를 향해 떠들었다.

"우리 언제까지 여기 있어야 합니까?"

이 둘에게 어떤 비밀이 있는 것인지 이상한 대화는 계속되었다.

"조금만 기다려. 텐화에 자료를 보냈으니 조만간 돈이 들어올 거야. 그럼……."

그랬다.

안정훈과 이정호는 정준호가 연구하고 있던 자료를 빼돌려, 중국의 기업 중 하나인 텐화에서 돈을 받기로 하고 넘겼던 것이다.

이들은 텐화로부터 5백만 달러를 받기로 하고 자료를

빼돌렸다.

이 중 이정호가 받기로 한 금액은 한화로 5억 원에 해당하는 50만 달러다.

이렇게 연구 자료를 넘기고 받은 돈으로 이들은 외국으로 이민을 가기로 하였다.

가족 중심인 회사에서 자신들이 아무리 노력한다 해도 더 이상 성장하지 못한다는 판단을 하고, 이런 범죄를 계획했던 것이다.

다만 요즘 이정호는 불안감에 수시로 소장인 안정훈을 찾고 있었다.

원래 계획은 사고를 일으켜 사람들의 정신이 혼란할 때 연구 자료를 빼돌려 중국에 팔아먹고, 회사에는 사직서를 제출하고 외국으로 이민을 가는 것이었다.

하지만 사고를 기획한 것은 좋았으나, 사고의 범위가 처음 자신들이 계획한 것보다 더 커져 인명 사고가 발생하고 말았다.

단순 사고였다면 상관없었겠지만 안정훈이나 이정호가 미처 계산하지 못한 것이 있었다.

그것은 바로 신식 화약을 연구하던 과정에서 화약의 성능이 향상되었다는 점이었다.

정준호가 온도 체크를 제대로 하지 못한 것처럼, 이들도 화약의 폭발 성능에 대해 파악을 잘 하지 못했던 것이다.

그 때문에 사고는 이들의 예상을 훨씬 웃도는 폭발로 인명 사고를 내고 말았다.

한 명이 죽고, 세 명이 크게 다쳐 사고가 발생한 지 벌써 보름이 다 되어 가는데도 아직 깨어나지 못하고 있었다.

이 때문에 이정호는 심한 죄책감에 하루하루가 지옥 같았다.

사고를 당한 사람들이 바로 자신의 동료들이었기 때문이다.

매일 함께 웃고 떠들던 동료들이 자신의 잘못으로 그렇게 된 것에 대해 많은 죄책감을 느꼈다.

특히나 중상을 입고 깨어나지 못한 사람 중 한 명은 바로 이정호와 미래를 약속한 연인이었다.

애인이 자신의 잘못 때문에 중환자실에서 깨어나지 못하고 누워 있는 모습을 보자 정말 이루 말할 수 없는 죄책감이 밀려왔다.

그 때문에 매일같이 안정훈을 찾아 일의 진행에 대해 물어보는 것이다.

그렇지만 무엇 때문인지 안정훈은 그런 이정호의 심정을 알면서도 일을 빨리 마무리하지 않고 조용히 시간을 끌기만 했다.

그도 그럴 것이, 사고가 발생했는데 이를 지켜보는 시선이 어디 한둘이겠는가.

안정훈이 비록 과학자라고는 하지만 한 연구소의 소장 지위에 오르는 것은 단순하게 과학자로서의 역량만 가지고는 힘들다.

연구는 물론이고, 사내 정치에도 어느 정도 영향을 미쳐야 그 자리에 오를 수 있는 것이다.

그런고로 안정훈이 비록 이정호와 공모하여 정준호가 진행하고 있던 프로젝트의 자료를 빼돌리기는 했지만, 급하게 일을 진행하다가는 자칫 꼬리를 밟힐 수가 있었다.

쏟아지는 소나기는 맞받아치는 것이 아니라 피해야 하는 것처럼, 당분간 관심이 느슨해질 때까지 조용히 기다려야만 한다.

자칫 자신들이 연구 자료를 외국으로, 그것도 수교를 하기는 했지만 적국이나 다름없는 중국에, 또 신형 화약의 제조법을 넘긴 것을 수사 당국이 알게 된다면 어떤 처벌을 받을지는 보지 않아도 뻔했다.

중국이란 나라는 한국과 대립하고 있는 북한과 군사 동맹을 하고 있는 나라다.

그러니 다른 것도 아니고 군사력 부문에 직접적 영향을 주는 신형 화약의 연구 자료와 제조법이 넘어가는 문제는 정부에서 그냥 넘기지 않을 것이다.

"이미 화살은 쏘아졌어. 조금만 더 참아."

불안에 떨고 있는 이정호를 보며 안정훈이 차갑게 윽박질렀다.

"네네. 알겠습니다."

"김주희 연구원의 일은 안타깝지만 그건 어쩔 수 없는 사고였어."

무엇 때문에 이정호가 흔들리고 있는지 잘 알고 있었다.

"하지만 너도 생각해 봐. 일은 벌어졌는데 이제 와서 사고의 원인이 너였다는 것을 알게 된다면 주희 부모님이 너를 어떻게 생각할까."

"윽."

안정훈의 말에 이정호는 순간 신음을 흘렸다.

이번 일에 자신을 끌어들인 안정훈의 말에 이정호는 순간 할 말을 잃었다. 그의 죄책감을 직접적으로 건드렸기 때문이다.

자신 같아도 자신의 딸을 만약 그렇게 만들었다면 아무리 미래의 사윗감이라도 가만두지는 않을 것이다.

사실 이정호가 이번 일에 가담한 것은 전적으로 김주희와 결혼을 하고 신혼집을 마련하기 위해서였다.

자신의 능력이 뛰어나 대기업 산하 연구소에 취직했

다면 상관없었겠지만, 자신이 다니는 연구소는 중소기업의 연구소였다.

일반적인 중소기업에 비해 자본이 탄탄한 곳이기는 했지만 그건 경영자들 문제고, 자신은 그저 일개 월급쟁이일 뿐이었다.

더 중요한 것은 출세에 한계가 있음을 잘 알기에 안정훈의 유혹에 넘어가고 말았다.

어차피 평생 다녀 봐야 내 집 하나 마련하기도 빠듯한 월급쟁이 아닌가.

하지만 아무도 몰래 연구 자료를 빼돌려 팔면 한순간에 일확천금을 얻을 수 있었다. 더욱이 이미 작업에 들어가기 전, 선금을 받았다.

이런 상태에서 중간에 발을 빼겠다고 한다면 안정훈은 물론이고, 그와 거래를 한 중국 기업에서 어떻게 나올지 몰랐다.

그러니 이정호는 어쩔 수 없이 끝까지 안정훈과 함께해야 할 운명이었다.

"알겠습니다. 전 이만 가 보겠습니다."

탁.

안정훈은 이정호의 처진 등을 보며 눈빛을 차갑게 반짝였다.

'안 되겠군.'

이미 회사에 미련은 없었다.

자신이 회사에 해 준 몫을 찾기 위해 이번 일을 벌였다.

이정호에게는 자료를 넘기는 대가로 300만 달러를 받기로 했다고 속였다.

이 중 100만 달러는 자신과 중국 회사를 연결해 준 브로커에게 줄 돈이고, 남은 200만 달러 중 1/4인 50만 달러를 이정호에게 준다고 했다.

어찌 보면 안정훈이 이정호보다 3배나 많은 150만 달러를 가져가는 것이기에 폭리를 취하는 것으로 보일 수도 있었다.

하지만 연구 자료만 빼내고, 또 약간의 데이터 조작을 하는 대가로 이정호가 받는 금액으로 보면 큰 금액이었다.

그렇기 때문에 이정호도 분배에 대해선 별다른 불만이 없었다.

다만 이정호가 알고 있는 금액과 상당한 차이가 있다면, 브로커에게 준다는 돈도 사실은 없다는 것을 몰랐을 뿐이다.

"여보세요. 난데……."

안정훈은 어디론가 전화를 걸었다.

＊　　　＊　　　＊

"완성이다."

컴퓨터를 한참 동안 바라보던 수호가 큰 소리로 환호했다.

모니터 안에는 화학 분자 구조가 3D 모형으로 떠올라 있었다.

지금까지 수호가 연구하던 화학 물질의 분자 구조 모형으로, 우수한 단열 효과가 있는 물질이었다.

물론 아직까진 컴퓨터 프로그램상의 가상 물질이었다.

그래도 수호는 믿어 의심치 않았다.

몇 번이나 시뮬레이션을 돌려 보고, 또 화학 물질이 열에 견딜 수 있는 온도를 체크하였다.

불연성 물질인 셀룰로오스 아세테이트와 몇 가지 화학 물질을 혼합해 만든 것으로, 종이나 섬유처럼 불에 취약한 물체에 바르면 불이 쉽게 붙지 않는 것은 물론이고, 열전달도 상당 부분을 차단하는 것으로 나타났다.

수호가 만든 화합물은 용암의 온도인 800~1,200도에서 3초간 버티는 것으로 나왔다.

어떻게 보면 연구소에서 연구하던 신형 화약과 비슷

한 게 아닌가 생각할 수도 있지만 전혀 그렇지 않았다.

기존의 화약을 담는 주머니는 불에 취약해 약실 온도가 600도만 되어도 바로 불이 붙어 버린다.

그 말은 화약에 바로 온도가 전달되어 약실 내에서 폭발할 수 있다는 소리였다.

그런데 수호가 개발한 화합 물질은 이런 약실의 온도를 화약에 직접적으로 전달하지 않고 3초간 차단을 하는 것이다.

그렇기에 자주포가 포탄을 발사하기까지 화약이 폭발하지 않게 시간을 지연시켜 줄 수 있다는 소리가 된다.

이것이 컴퓨터상 데이터가 아닌 실물로 완성된다면 정말 획기적인 개발이 아닐 수 없었다.

"슬레인."

수호는 자신의 연구가 끝나자 슬레인을 불렀다.

[부르셨습니까, 주인님.]

수호가 부르기 무섭게 바로 슬레인이 나왔다.

"응, 방금 완성한 화학식이야. 네가 좀 검토해 줘."

수호는 자신이 완성한 화학식을 슬레인에게 넘겨주며 그것을 검토해 달라 부탁했다.

[알겠습니다.]

우웅.

대답이 떨어지자마자 바로 모니터 속 화학식들이 빠

르게 넘어갔다.

[주인님, 성공하셨군요. 대단하십니다.]

수호가 만든 화학식을 검토한 슬레인이 기쁜 목소리로 말했다.

자신의 도움도 없이 수호가 연구하여 화학식을 완성한 것이 너무 뿌듯했던 것이다.

"실물로 실험하지 않아도 괜찮을까?"

혹시나 컴퓨터 시뮬레이션에서만 완성되고 실물로는 힘들지 않을까 걱정되어 물었다.

[실제로 화합물을 만들어 보면 더 확실하겠지만, 이것만으로도 완벽하다 할 수 있습니다. 걱정하지 않으셔도 됩니다.]

혹시나 싶어 걱정하는 수호에게 슬레인은 걱정하지 않아도 된다고 대답했다.

"그래, 그럼 난 이것을 아버지에게 전달해야겠다."

아버지를 돕기 위해 연구하던 것이기에 수호는 아무 사심 없이 그렇게 말하며 아버지에게 연락을 취했다.

"아버지, 저예요."

9. 움직이는 사람들

회사에 출근해 오전 업무를 마친 중현은 지친 뇌를 쉬도록 잠시 모든 것을 내려놓고 양손으로 미간과 관자놀이 등을 누르며 지압과 스트레칭을 하였다.

이는 집중하여 업무를 보면서 쌓인 스트레스를 푸는 방법 중 대중에게도 널리 알려졌기에 중현 역시 매일 이렇게 피로를 풀고 있었다.

"흠……."

스트레칭과 머리에 있는 지압점 등을 눌러 어느 정도 스트레스를 푼 중현은 작게 신음을 울렸다.

뚜두둑.

뭉친 근육과 관절들을 풀어 주니 조금 전보다 개운해
진 듯했다.

"아, 그게 있었지."

피로를 풀고 나니 문득 생각나는 것이 있었다.

새벽 출근을 하려던 때, 아들 수호가 준 USB였다.

'이건 외부의 열을 안으로 침투하지 못하게 막아 주는 화합물의 분
자식이에요. 음, 그리 오랜 시간 막아 주지는 않고 800~1,200도의 외부
열을 3초 정도 차단해 줄 거예요.'

아침에 아들이 이 USB를 넘기며 했던 이야기를 떠
올린 중현은 잠시 그것을 쳐다보다 컴퓨터 본체에 꽂았
다.

우웅.

USB를 포트에 꽂고 파일을 풀었다.

"음."

USB 파일을 열고 패스워드를 입력하자 파일의 내용
이 모니터에 떠올랐다.

다라락.

목차가 나오고 차례대로 원료 기호와 명칭이 자세히
설명되었다.

뿐만 아니라 원료를 배합하는 양과 순서가 적혀 있어

화학에 대해 알지 못하는 사람도 쉽게 제조가 가능할 정도로 상세하게 적혀 있었다.

'어떻게 이런 것을.'

어렸을 때야 똑똑해 수재 소리를 들었던 아들이지만, 고등학교에 들어가면서 엇나가기 시작하고 공부를 등한시했던 그때의 일을 알기에, 어떻게 이런 복잡한 화합물을 개발할 수 있는지 이해할 수가 없었다.

'군대에서 이런 것도 가르치나.'

수호가 군대에 있을 때 특수부대에 있던 것을 알기에 이런 생각을 해 보았다.

하지만 아무리 특수부대라 해도 이런 것까지 가르치지는 않음을 잘 알고 있었다.

'아니지. 아무리 특수부대라도 작전에 필요한 것만 가르치지 않을까.'

자신에게 도움이 될 거라고 준 것이지만 아침에 받아들 때만 해도 아비를 걱정해서 주는 아들의 성의에 못이겨 받기는 했다.

하지만 이렇게 엄청난 것이 들어 있을 것이라고는 생각지 못했다.

사업가로서 중현이 판단하기에 USB에 담긴 화학식이 정상이라면 이것의 가치는 원래 연구소에서 연구하던 것 이상으로 엄청난 가치가 있을 터였다.

‘이대로 있을 수는 없지.’

중현은 화학식의 가치를 깨닫자마자 그냥 이대로 회사에 넘기기는 너무도 아깝다는 생각이 들었다.

하지만 일단 화학식이 제대로 작용하는지 먼저 확인해야만 했다.

그런 후 움직여도 나쁘지 않다고 판단한 중현은 바로 자신의 휴대폰을 꺼내 어디론가 전화를 걸었다.

*　　　　*　　　　*

업무 시간이 끝나고 연구소 밖으로 나온 정준호는 보령 시내로 왔다.

점심때 갑자기 연락을 한 작은아버지 중현을 만나기 위해서다.

아버지들끼리의 사이가 조금 좋지 않은 것이지, 자신과 작은아버지와의 관계는 그리 나쁘지 않았고, 또 이번 사고가 났을 때 자신을 도와준 것은 다른 누구도 아닌 작은아버지 중현이었다.

그렇기에 작은아버지가 갑자기 연락해서 만나자고 하자 근무 시간이 끝나고 이렇게 나왔던 것이다.

준호는 약속 장소에 도착하자 쓰윽 주변을 둘러보았다.

중현의 모습을 찾기 위해서였다.

그런 그의 시선에 누군가 카페 한편에서 손을 흔드는 게 포착되었다.

"준호야, 여기다."

나직한 목소리로 자신을 부르는 소리도 들렸다.

준호는 자신의 이름을 부른 사람이 작은아버지 중현임을 확인하고 그에게 걸어갔다.

연구원이다 보니 혹시나 외부 인사와 밖에서 사적으로 만나는 것이 알려지면 아무리 같은 핏줄이라도 큰아버지나 다른 문중의 어른들이 자신을 그냥 두고 보진 않을 것을 알기에 조심을 하는 것이다.

"작은아버지, 무슨 일이기에 연구소로 찾아오시지 않고 이렇게 밖에서 보자고 하시는 거예요?"

다른 때 같으면 볼일이 있을 시 연구소로 찾아왔을 텐데, 일부러 이렇게 밖에서 보자고 하는 중현의 전화에 의아해 물었다.

솔직히 좀 이상한 통화 내용 때문에, 정준호는 요즘 자신의 사정도 그렇다 보니 손에 일이 잡히지 않았다.

"단도직입적으로 뭐 하나만 부탁하자."

중현은 의문 가득한 눈빛으로 자신에게 물어오는 조카의 물음엔 대답하지 않고 부탁이란 말을 하며 스트레이트를 날렸다.

"아니, 무슨 부탁이시기에 이렇게……."

"음, 일단 목이 타는 것 같으니 뭐 좀 마시면서 이야기하자."

중현은 갑자기 이야기하려니 목이 타는 듯 갈증을 느껴 말했다.

"네?"

"너 뭐 마실래? 난 냉커피 마실 건데……."

중현은 마이 페이스로 말하였다.

너무도 이상한 작은아버지의 모습에 정준호는 더욱 의아한 느낌을 받았다.

'무슨 일인데…….'

아무리 생각해도 지금까지 자신이 알아 온 작은아버지의 모습이 아니기에 이상한 생각이 들 수밖에 없었다.

하지만 자신이 물어본다 해도 바로 이야기해 줄 것 같지 않자 차분히 대화하기로 하고 자신이 먼저 말했다.

"제가 주문하고 올 테니 잠시만 기다리세요."

작은아버지께 자신이 주문하겠다고 말하며 자리에서 일어났다.

그렇게 정준호는 카운터에 가서 마실 것을 주문하고 돌아왔다.

그리고 잠시 뒤 주문했던 냉커피 두 잔이 나오자 그
것을 가져왔다.

"드세요."

정준호는 주문한 음료를 테이블 위에 놓으며 권유했
다.

"그래, 일단 한 모금 마시고 이야기하자."

자신의 앞에 놓인 냉커피를 벌컥벌컥 마신 후 그것을
내려놓은 중현이 이야기를 시작했다.

"후우."

하지만 이야기하기 전에 중현은 크게 한숨부터 내쉬
었다.

그런 중현의 모습에 준호는 다시 한번 의아한 눈빛으
로 그를 바라보았다.

'무슨 일 있나.'

준호는 너무도 이상한 작은아버지의 모습에 회사나
작은아버지 신상에 무슨 문제가 발생한 것은 아닌가 하
는 생각마저 들었다.

"너도 이번 사고가 회사에 입힌 피해에 대해 어느 정
도 알고 있을 것이라 생각되는데, 어때?"

조금 전에는 자신에게 무슨 부탁이란 말을 했는데,
이번에는 그와 다른 얼마 전 자신이 연구하던 것에 대
한 사고를 언급하는 말에 준호의 표정이 굳어졌다.

'큰아버지가 무슨 말을 한 것인가.'

연구소 사고에 대한 이야기에 준호는 자신이 생각하던 최악의 경우를 떠올렸다.

큰아버지는 어떻게 해서든 회사의 일에 다른 사람들의 간섭을 배제하려는 경향을 보이고 있었다.

젊었을 때는 할아버지 때문에 그런 모습을 보이지 않았지만, 할아버지가 경영 일선에서 물러난 뒤로 수장의 자리에 오르면서 그 행보가 시작되었다.

자신의 아버지야 한 배에서 난 형제라 그런지 그런 모습을 보이지 않았다.

하지만 앞에 앉아 있는 작은아버지의 경우, 철저하게 경영에서 배제되었을 뿐만 아니라 그 아들인 수호까지도 회사의 그 어떤 자리에 접근하지 못하게 만들었다.

이는 자신이 생각하기에 너무도 이상한 모습이었다.

집안이 운영하고 있는 회사가 다섯 개라고는 하지만, 무슨 재벌가도 아니고 회사를 차지하기 위한 왕자의 난 같은 것이 일어날 이유가 없는 회사다.

차라리 피붙이들끼리 똘똘 뭉쳐 거대한 재벌들에게서 살아남기 위해 노력을 해도 모자랄 판에 그런 경쟁을 할 처지가 아니었다.

그럼에도 이상하게 집안의 수장인 큰아버지는 작은아버지에게 특별한 경계를 하는 것 같았다.

울트라 코리아

그렇기에 직책에 비해 하는 일은 정말 보잘것없는 회사의 뒤치다꺼리뿐이었다.

"누군가는 책임을 져야 할 것이 분명한데, 이번 사고의 실질적 책임은 네가 지게 될 공산이 크지 않겠냐."

"헉."

중현의 말에 정준호는 순간 자신도 모르게 바람 빠지는 신음을 흘렸다.

이는 자신이 생각한 최악의 경우였기 때문이다.

"아마 형님도 너를 구해 주긴 힘들 것이다."

"그럼 어떻게……."

중현의 이야기를 들은 정준호는 순간 할 말을 찾지 못해 말끝을 흐렸다.

그런 준호의 모습에 중현은 자신이 이곳에 찾아온 이유를 설명했다.

"어쩌면 이번 기회에 너뿐만 아니라 나도 정리 대상에 들어갈지 모르지."

"아니, 작은아버지는 무슨 일로?"

준호는 자신의 입장이야 짐작할 수 있지만 이번 사고로 앞에 앉아 있는 작은아버지까지 정리 대상이 될지 모른다는 소리에 의아한 생각이 들었다.

작은아버지는 사고 수습으로 사방팔방을 돌아다녔고, 원만하게 일을 처리하여 회사에 최소한의 피해로 일을 마무리하였다.

　그럼에도 정리 대상에 포함될지 모른다는 작은아버지의 말에 준호는 고개를 갸웃거렸다.

　"태호나 진호를 생각하면 이해하기 편할 것이다."

　중현은 큰형의 장남과 차남인 태호와 진호의 이름을 언급했다.

　"아."

　준호는 자신의 사촌 형과 동생의 이름을 듣고는 바로 이해했다.

　큰아버지에 이어 차기 사장으로 내정된 정태호와 계열사 중 하나인 (주)태성 테크의 이사인 사촌 동생 정진호를 떠올리자 작은아버지가 무슨 말을 하려는지 깨달았던 것이다.

　"세대교체가 시작되는 것인가요?"

　문득 자신의 아버지에게도 영향이 있는 것은 아닌가 하는 우려에 물어보았다.

　"아마 이번 일을 계기로 세대교체를 시작하지 않을까 생각된다."

　우려하던 일이 중현의 입에서 쏟아지자 준호의 표정이 굳어졌다.

　"다만 아직까진 너와 나 정도이지, 네 아버지는 포함되지 않을 것이다. 아니……."

중현은 무슨 말을 하려다 말고 조용히 뭔가를 생각하는 듯 미간을 찌푸렸다.

그러다 천천히 생각이 정리되자 다시 이야기를 이어갔다.

"어쩌면 너보다 네 아버지가 먼저 회사를 그만둘지도 모르겠다."

중현은 무슨 근거로 사고를 친 자신보다 먼저 그의 아버지인 상현이 회사에서 물러날지 모른다는 이야기를 하는 것일까.

준호는 고개를 갸웃거렸다.

"형님이 그런다는 것은 아마도 너 때문일 것이다."

자신 때문에 아버지가 회사를 그만둔다는 소리에 준호는 더욱 혼란스러웠다.

"아니, 그게 무슨……."

"형님은 아마도 자신은 나이도 있으니 조만간 정리될 것이라 판단을 하고, 아마도 너를 회사에 남기기 위해 그런 판단을 할지도 모른다."

준호는 그제야 작은아버지 중현이 그런 이야기를 하는 근거를 알게 되었다.

"너도 알겠지만 형님에게 넌 자랑이었다. 이번 일만 아니었더라면……."

중현은 자신의 둘째 형인 상현에게 그의 장남인 준호

가 어떤 의미인지 잘 알고 있었다.

그런 준호를 지키기 위해 상현은 어쩌면 자신의 예상처럼 자신을 희생해 준호를 회사에 남기려 할지도 몰랐다.

큰형 진현에 대해 중현은 누구보다 잘 알고 있었다.

아마 큰조카에게 회사를 물려주려는 때, 가장 걸림돌이 될 수도 있는 둘째 형을 그냥 두고 보진 않을 것이 분명했다.

아마도 이번 문제로 조카를 쫓아내려고 한다면 둘째 형의 성격상 조카를 살리기 위해 자신을 희생할 것이 뻔했다.

이런 둘째 형의 성격을 이용해 조금만 압박을 가한다면 일이 쉬워질 것을 알기 때문에, 지배자의 성격을 타고난 큰형이라면 같은 배를 타고난 둘째 형을 그렇게 회사에서 내보낼 터였다.

하지만 그렇게 하면 자신에게 남는 것이 없었다.

잘만 하면 자신도 이번 사태에서 빠져나갈 구멍을 만들 수 있지만, 중현은 수호가 준 화학식을 확인하고 그런 생각을 접었다.

아니, 어떻게 하면 보다 더 큰 이득을 볼 수 있을까 생각해 보았다.

점심쯤 준호에게 전화를 하여 퇴근 후 만나기로 하

고, 그 시간 동안 궁리한 끝에 이렇게 조카 준호를 대면했던 것이다.

"이건 내가 회사를 나간 뒤에 할 사업 아이템이다."

"사업 아이템이요?"

"그래, 강제로 떠밀려 나가기보단 나갈 때 나가더라도 뭔가 하나 챙겨 가야 하지 않겠냐?"

중현은 눈을 반짝이며 준호의 표정을 살폈다.

지금 이 순간이 아주 중요했다.

아들 수호가 준 화학식이 제대로 된 것인지 확인을 하고, 또 사업 아이템으로 활용하기 전 정보가 외부로 노출되면 안 되기에 이렇게 밑밥을 까는 것이다.

똑똑한 준호라면 화학식을 보자마자 이것의 가치를 알아챌 수도 있었다.

그러니 이렇게 준호가 정신을 차리지 못하게 정신을 흔들어 놓는 것이다.

"외부에서 돈을 주고 사 온 것이라 혹시나 제대로 된 물건이 아니면 큰일이 나니, 네가 화학식이 맞는 것인지 만들어 줬으면 한다."

무엇 때문에 여기까지 내려와 자신에게 부탁하려는 것인지 알게 된 준호는 고개를 끄덕였다.

"이게 제대로 된 것인지만 확인하면 회사를 차리고, 네 아버지를 전문 경영인으로 모실 계획이다."

중현은 자신의 능력을 누구보다 잘 알고 있었다.

행정 업무야 잘하지만 경영은 또 다른 문제였다.

사회에 나와 자신은 단 한 번도 책임자의 위치에 있어 본 적이 없었다.

위에서 시키는 일만 몇십 년을 해 왔기에 자신이 수장으로 앉아 누군가를 부리는 걸 잘할 자신이 없었다.

경영은 결코 누군가에게 지시만 내리는 일도 아니고, 회사가 앞으로 나아가야 할 방향을 제시하는 자리였기에 중현은 그런 자리에는 자신의 형들이 맞다 생각하였다.

그러니 준호에게 이렇게 이야기할 수 있는 것이다.

혹시나 자신의 둘째 형 상현이 정말로 자신의 예상대로 준호 대신 회사를 물러나게 된다면 그리할 생각이었다.

물론 최종적으로는 자신의 아들인 수호에게 회사를 넘겨 줄 생각이지만 이건 이야기하지 않았다.

"알겠습니다. 그럼 언제까지 만들어 드리면 돼요?"

회사를 설립하게 되면 자신의 아버지를 전문 경영인으로 영입할 수도 있다는 작은아버지의 말에 준호도 솔깃하여 그러겠다는 대답을 하였다.

그런 조카의 대답에 중현은 작게 미소 지으며 앞에 앉아 있는 준호의 손을 잡았다.

"고맙다. 그런데 이건 아무도 몰라야 한다."

혹시나 하는 생각에 중현은 조카에게 비밀이라고 말했다.

"네. 알겠습니다. 저도 물건만 만들고 이건 태워 버릴게요."

중현은 USB에서 화학식을 출력한 서류를 준호에게 넘겨주며 다짐을 받았다.

준호는 그런 작은아버지의 부탁에 흔쾌히 대답하였다.

*　　　*　　　*

수호는 아버지에게 도움이 되기 위해 연구하느라 한동안 밖을 나가지 않았다.

그러다 오랜만에 준렬에게 다시 연락이 와 그를 만나기 위해 건대 입구로 나갔다.

전에는 준렬이 동기인 세현과 수호를 만나기 위해 그가 살고 있는 서초동으로 왔지만, 오늘은 준렬에게 시간이 많지 않아 건대로 왔던 것이다.

웅성웅성.

동서울 시외버스 터미널에서 얼마 되지 않는 도심 안이다 보니 주변이 무척이나 시끄러웠다.

"여기다."

먼저 도착을 한 것인지 카페에 들어서자 자신을 부르는 소리에 수호는 준렬이 자리한 곳으로 걸어갔다.

"무슨 일로 부른 거야."

"야, 뭐가 그리 급해. 일단 숨이라도 돌리고 이야기하자."

준렬은 자리에 앉자마자 용건을 물어보는 수호의 말을 중간에 자르며 물었다.

"뭐 마실래?"

"커피."

수호는 무얼 마시겠냐는 준렬의 물음에 간단하게 커피라 말했다.

"알았다. 부탁하는 입장이니 내가 네 것까지 살게."

"그건 당연한 것이지."

준렬의 대답에 수호는 당연하다는 듯이 말하였다.

잠시 뒤 주문한 커피와 음료를 가져오는 준렬.

그런 모습을 조용히 지켜보던 수호는 그가 자리에 앉자 다시 한번 물었다.

"그래, 일단 무엇 때문에 다시 만나자는 연락을 한 거야."

전에 만났을 때 자신이 있는 PMC의 교관으로 와 달라는 준렬의 제안을 받은 적이 있었지만 수호는 한참 고민하다가 거절했었다.

그도 그럴 것이, 마침 아버지가 가진 고민을 해결하기 위해 연구하느라 시간을 낼 수가 없었다.

그런데 제안을 거절한 지 일주일이 지나고 다시 연락이 왔던 것이다.

회사에 입사하지 않아도 좋으니, 그럼 단기간이라도 교관으로 와 주면 안 되겠냐는 것이었다.

마침 연구하던 것도 얼추 끝나 가니 시간도 날 것 같아 오늘 연락을 하였다.

다만, 앞으로 어떻게 될지 모르겠지만 교관으로 오래 붙잡혀 있을 생각은 없었다.

전에 만났을 때만 해도 자신의 능력에 대한 확신이 덜했기에 준렬의 제안에 조금 흔들렸지만, 이번 화합물을 연구하면서 자신의 능력이 육체적인 것뿐만 아니라 다른 쪽으로도 진화했음을 깨달았다.

그러니 굳이 PMC 회사에 묶여 있을 필요가 있냐는 회의감이 들었다.

그것이 아니더라도 자신이 할 수 있는 일이 많다는 것을 깨닫고, 다시 한번 거절하려다 전속이 아닌 파트타임도 가능하다는 이야기에 자세한 내용을 들어 보기 위해 나왔다.

"위에서 그렇게 해도 된데?"

준렬의 이야기에 수호는 눈을 동그랗게 뜨며 물었다.

아무리 군대를 나와 따로 회사를 차렸다고 하지만, PMC가 하는 일이나 구성원의 특성은 바뀌지 않는다.

그런데 자신을 파트타임으로 쓰겠다는 이야기에 놀랐다.

"너도 심보성 대령님 알지 않냐?"

"아."

수호는 자신이 있던 시절에 부대장이던 심보성 대령을 언급하자 바로 수긍했다.

육사 출신이면서도 다른 육사 출신들과 다르게 융통성도 뛰어나고, 작전 중 임기응변도 남달라 현장에서 부하들에게 무척이나 신임이 두터운 지휘관이었다.

뿐만 아니라 부사관과 사관에 대한 어떤 차별도 없고, 부대원 간의 유대를 무엇보다 강조하는 지휘관으로 수호에게도 그의 인상은 깊게 남아 있었다.

"요즘 인원이 부족해 여기저기서 모집했더니, 자격 미달이 좀 있다."

준렬은 답답하다는 듯 자신의 몫인 커피를 벌컥 들이켜고는 그렇게 말했다.

'하긴⋯⋯.'

대한민국에서 경호원이 아닌 PMC 모집은 그리 쉬운 일이 아니다.

외국에서야 PMC건 용병이건 돈만 있으면 쉽게 구할
수 있지만, 대한민국에선 그렇지 않았다.

대한민국 성인 남성 중 대부분이 군대를 다녀오고,
또 그 중 특수부대를 다녀온 사람도 다른 나라에 비해
비중이 높았다.

그렇지만 PMC에 지원을 하는 인원은 거의 전무했다.
PMC란 직업이 대한민국에선 생소하기 때문이었다.

밀리터리 마니아를 제외하고, 아무리 군 관계자라 해
도 PMC를 언급하면 바로 민간 군사 기업을 떠올릴 사
람도 별로 없었다.

그러니 직원으로 모집하려고 해도 일이 쉽지 않은 것
이다.

또 모집을 하고 지원한 자원이라고 해도 바로 실전에
투입이 가능한 사람이 몇이나 되겠는가.

전직 특수부대에 근무했던 사람이라면 조금만 훈련시
키면 금방 예전 감각을 기억해 내 한 사람 몫을 하겠지
만, 대부분은 군대를 전역하고 전혀 연관이 없는 직업
을 전전하다 지원한 사람이 대부분이었다.

PMC라고 무턱대고 인원을 받지는 않는다.

하는 일이 위험한 일이다 보니 사망률이 무척이나 높
다.

그 때문에 기본급도 일반 직장에 비해 높을 뿐만 아

니라 일에 대한 성공 보수도 꽤 높았다.

그리고 부상이나 사망자에 대한 보험료도 전적으로 회사가 책임을 지기에 회사 입장에선 직원이 최대한 생존을 하고, 또 부상을 당하지 않은 상태에서 작전을 성공하는 것이 회사에 이익이었다.

그러니 될 수 있으면 훈련이 잘 되어 있고, 최대한 빠른 시간에 써먹을 수 있으며, 생존성이 높은 자질이 우수한 직원을 구하려 한다.

그런데 현실은 그렇지 못하기에 지금처럼 대안으로 미숙한 신입들을 가르칠 베테랑 교관을 구하려 노력하였다.

하지만 베테랑 교관으로 부를 만한 사람들은 굳이 민간 군사 기업으로 들어가려 하지 않았다.

안정적인 직장인 군에서 나와 민간 회사인 PMC로 누가 오려고 하겠나.

월급이야 조금 더 받을지 모르지만 군에 있으면 각종 혜택이 주어지는데 말이다.

그런 이유로 훌륭한 교관을 구하고 있던 중 준렬의 눈에 수호가 포착되었던 것이다.

물론 수호가 아니라도 자신이 교관으로 일을 할 수도 있었지만, 준렬은 아직 교관으로 일할 생각이 없었다.

집안 사정상 돈을 더 벌어야 하는 입장이었기에 월급

에 +a로 수당을 받을 수 있는 현역으로 일을 하려는 것이다.

그러니 어찌 되었든 여건상 수호가 딱이었다.

자신과 비슷한 입장에 놓인 직원들도 교관보단 현역으로 일하려고 하기 때문이다.

"파트타임으로도 가능하다는 말, 정말이지?"

수호는 다시 한번 물었다.

이런 일에 괜히 흐지부지했다가는 나중에 문제가 발생할 수 있음을 누구보다 잘 알기에 물었던 것이다.

"물론이라니까. 정 믿기 어려우면 내일이라도 심보성 대령님과 면담을 해."

준렬은 자신이 속한 PMC의 사장이자 전 아프가니스탄 파견 부대장인 심보성 대령을 언급했다.

그런 준렬의 대답에 수호는 잠시 생각했다.

한곳에 묶이는 것은 이젠 지양할 일이지만, 교관으로서 파트타임으로 일하는 것은 나쁘지 않다는 판단이 섰다.

*   *   *

중현은 퇴근을 하고 집에 도착했다.

"이제 오세요."

"응, 혹시 준호가 내게 뭐 보낸 것 없어?"

오늘 낮에 조카인 준호에게서 퀵으로 물건을 보냈다는 연락을 받았다.

다른 사람 몰래 만든 것이기 때문에 인편으로 급히 보냈다고 했다.

중현도 여러 사람의 손을 타는 것보단 차라리 그게 좋겠다는 판단에 알겠다는 대답을 했었다.

"그러잖아도 당신 앞으로 퀵으로 소포가 왔기에 말하려고 했어요."

은혜는 남편의 물음에 바로 대답하였다.

중현은 아내의 대답을 듣고 고개를 살짝 끄덕였다.

　　　　*　　　　　*　　　　　*

저녁을 먹은 중현은 자신의 서재 책상 위에 놓인 소포를 보았다.

대천의 연구소에서 조카인 준호가 보낸 것이다.

조심스럽게 소포를 풀어 본 그는 그것을 다시 박스에 담아 지하실로 내려갔다.

다른 사람들이 보지 못하게 혼자 실험을 해 보기 위해서였다.

덜컹.

창고로 사용하고 있는 지하실.

원래는 차고 용도의 지하실이었지만 현재는 차고가 아닌 창고였다.

그렇지만 그곳은 물건들이 잘 정리되어 있어 여러 가지 물건들이 쌓여 있음에도 상당한 부분이 여유 공간으로 남아 있었다.

"일단 박스 한쪽에 이것을……."

칙칙.

절연 화합물이 들어 있는 병에서 분무기로 옮겨 담은 그것을 박스 밑바닥에 뿌렸다.

전체적으로 박스 바닥에 분무기에 들어 있던 화합물이 도포되었다.

중현은 혹시나 화합물이 묻지 않은 곳이 있는지 살펴보았다. 하지만 박스 바닥에는 그가 뿌린 화합물이 잘 스며들어 있었다.

화합물은 액체 상태였기에 분무기로도 충분히 박스 바닥에 도포가 가능했다.

"이 정도면 충분하겠지."

최초로 실험을 하는 것이기에 약간 불안감이 있었지만 일단 해 보기로 했다.

확.

화합물의 성능을 실험하기 위해 불을 붙였다. 종이로

된 박스임에도 불은 쉽게 붙지 않았다.

휙휙.

성냥불이 손끝까지 타들어 오자 흔들어 껐다.

'첫 실험은 성공이네.'

화합물의 성능은 아들 수호가 장담한 대로 불이 쉽게 붙지 않았다.

"그럼, 수호가 말한 대로 열이 전달되지 않는지 한 번 실험해 보자."

혼자임에도 중현은 중얼거리며 다음 실험으로 넘어갔다.

이번에는 예전에 캠핑을 가면 사용하기 위해 사 두었던 가스버너를 가져왔다.

성냥불보다는 가스불이 더 화력이 강하며, 장시간 안정적으로 불길을 유지할 수 있기에 실험에 딱 맞았다.

"아, 정확한 시험을 위해선 온도 체크도 필요하겠구나!"

문득 자신이 무엇을 놓치고 있는지 깨닫자 잠시 시험을 중단하고, 서재로 무언가를 가지러 갔다.

오늘 시험을 위해 퇴근하면서 사 온 것이 있었다.

연구소나 대형 음식점에서 기름의 온도를 체크하는 기구였다.

적외선을 쏘아 표면의 온도를 체크하는 것이라 안전

하고 또 정확한 측정 기구다.

"다시……."

온도 측정기를 가져온 중현의 시험은 다시 시작되었
다.

＊　　　　　＊　　　　　＊

점심시간.

직장인들에게는 그 무엇보다 소중한 시간이다.

그것이 일반 회사의 직원이든, 그런 그들을 활용하는
사용자라 하더라도 말이다.

"그래, 무슨 일로 보자고 한 거냐."

상현은 자신을 찾아온 중현을 보며 탐탁지 않은 표정
으로 물었다.

요즘 들어 본사 사장으로 있는 형의 행보가 심상치
않기 때문에 신경이 쓰였다.

특히나 얼마 전 연구소에서 사고가 터졌다.

다른 곳에서 사고가 났다면 신경도 쓰지 않았을 것이
지만, 자신의 장남인 준호가 수석 연구원으로 있는 곳
에서 난 사고였기 때문이다.

더욱이 준호가 담당하고 있던 프로젝트를 실험하던
중 사고가 터졌다.

그로 인해 한 명이 죽고 세 명이 중상으로 병원에 긴급 수송되었다.

그나마 병원에 수송된 부상자들은 신속하게 조치하는 바람에 현재는 중환자실에 있기는 했지만 고비를 넘기고 치료를 잘 받고 있다 했다.

그렇지만 사고로 인해 한 사람이 죽었다.

그 때문에 회사의 이미지는 상당한 타격을 입었다.

소방서에서 사고 경위를 조사하던 중 실험 과정에서 심각한 안전 불감증과 정신적 해이가 사고의 원인이란 것이 밝혀졌던 것이다.

이로 인해 프로젝트 책임자인 준호에게 책임을 묻지 않을 수가 없게 되었다.

어떻게든 아들 준호를 보호하고 싶어 백방으로 노력하고 있지만 쉽지 않았다.

무엇보다 형의 태도는 이번 일을 그냥 넘기지 않으려는 의지가 보였다.

상현은 이런 문제로 하루하루가 편치 않았다.

그런 상황에서 중현이 면담을 요청하니 말이 좋게 나오지 않았던 것이다.

"형님, 준호 살려야죠."

중현은 미간을 찌푸리며 자신을 보는 형의 눈빛에도 전혀 시선을 돌리지 않고 직설적으로 말했다.

"뭐, 너 지금 무슨 소리를 하려는 거야!"

아들의 이름을 언급하며 느닷없이 살려야 하지 않겠냐고 말하자 흥분한 상현이 소리쳤다.

"진현 형님의 성격을 꽤 잘 아는 형님이시니, 제가 무슨 말을 하려는지 아실 것 아닙니까?"

중현은 이미 상현을 찾아올 때 각오했다.

그러니 말하는 것에 어떠한 흔들림도 없었다.

그런 중현의 모습에 상현은 작게 신음을 흘렸다.

"음……."

이복동생인 중현의 말처럼 자신은 형에 대해 누구보다 잘 알고 있었다.

한 번 마음먹은 일은 기필코 해내고야 마는 성격을 가진 형은 이번 일을 세대교체의 기회로 삼아 장조카인 태호의 앞길에 걸림돌이 되려는 이들을 모두 쳐 내려 할 터였다.

현재 태호가 차기 총수의 자리에 오르는 것에 가장 걸림돌이 되는 것은 다른 누구도 아닌 자신이란 것을 상현은 잘 알고 있었다.

그러니 자신을 흔들기 위해서 형님은 자신의 장남인 준호를 연구소 수석 연구원 자리에서 쳐 내려 할 것이 분명했다.

그리고 자신은 그것을 막기 위해 어떤 모션을 취할

것인지도 계산에 두고 말이다.

결론적으로 말하면 결과는 이미 나와 있는 것이나 마찬가지였다.

자신이 장남인 준호의 일을 외면한다고 해도 결과는 이미 결정된 것이었다.

억지로 이를 막으려 하면 시간은 조금 더 걸리겠지만 형님의 의도대로 돌아갈 것이고, 그 흐름을 막으려던 자신에게 피해가 돌아올 터였다.

또 그 과정에서 자신의 가정은 물론이고, 장남 준호도 큰 상처를 받고 집안은 풍비박산이 될 것을 알기에 상현은 낮게 신음만 흘릴 뿐 그 어떤 말도 할 수가 없었다.

"이것을 잠시 봐 주십시오."

상현의 상태를 지켜보던 중현은 자신의 의도대로 형이 흔들리고 있을 때 가져온 서류 봉투를 그에게 내밀었다.

"뭐냐."

"일단 한 번 읽어 보십시오."

거듭 권하는 중현의 모습에 잠시 그의 얼굴을 쳐다보다 어쩔 수 없다는 듯 그가 내민 서류 봉투를 받아 들었다.

"흠……."

봉투 안에서 서류를 꺼낸 그가 내용을 읽기 시작하였다.

그러던 중 상현의 눈이 점점 커졌다.

"음."

서류를 읽어 가던 상현은 자신도 모르게 낮게 신음을 터뜨렸다.

그가 읽는 서류에는 어떤 물건에 대한 제원과 실험 데이터가 기록되어 있었다.

뿐만 아니라 그것이 어떤 특성을 가졌으며, 그것을 이용한 사업 아이템에 대한 자료까지 적혀 있었다.

"형님이 보시기에 어떻습니까? 가능하겠습니까?"

밑도 끝도 없이 가능하겠냐는 동생의 질문에 상현은 자신도 모르게 고개를 들어 중현의 두 눈을 쳐다보았다.

그리고 대답하였다.

"이 서류가 진실이라면 충분히 가능하다. 그런데……."

"무슨 말을 하려는 것인지 알겠지만 굳이 이것을 진현 형님께 가지고 갈 필요가 있을까요?"

"그럼?"

"어차피 저나 형님은 진현 형님의 머릿속에 들어 있지 않습니다."

중현은 마치 판사가 선고를 내리듯 단호하게 이야기하였다.

"그러니 우린 우리대로 살 궁리를 찾아야 합니다."

"그렇다고……."

"이건 연구소에서 나온 자료가 아니라 제 아들 수호가 저에게 준 것입니다. 그것을 시험한 데이터이고요."

아들 수호를 언급한 중현은 단호한 목소리로 말을 이었다.

"저는 사업가적 기질이 부족해 이렇게 형님을 찾은 것입니다. 만약 형님이 제 제안을 거절하시면 다른 사람을 찾아갈 것입니다."

중현은 최후의 통첩을 하였다.

자신과 함께할 것인지, 각자 따로 할 것인지를 말이다.

"알았다."

결국 상현은 이복동생인 중현의 제안을 받아들였다.

그것이 자신의 집안이 살아남을 수 있는 길이란 걸 잘 알기 때문이었다.

10. 교관이 되다

충북 증평군 율리.

수호가 이곳까지 내려온 이유는 다름 아닌 이곳에 군대 동기인 준렬이 근무하는 PMC가 자리하고 있었기 때문이다.

그리고 오늘 하루 이곳에서 참관을 한 뒤 교관을 할 것인지 판단하기 위해서기도 했다.

"위치는 괜찮은 곳에 자리를 잡았네."

좌우로 둘러싼 골짜기에 위치해 있어 실탄 훈련을 한다고 해도 크게 위험할 것이 없으며, 특히나 앞쪽에는 큰 저수지가 있어 수중 침투 훈련을 할 수도 있었다.

뿐만 아니라 인근에 특전사 훈련장이 자리를 잡고 있어 모의 훈련을 할 수도 있기에 위치적으로 꽤 좋은 곳에 있었다.

"벌써 왔냐?"

주변을 둘러보고 있을 때 수호가 온 것을 연락받고 준렬이 마중을 나왔다.

"위치는 괜찮다."

준렬이 온 것을 이미 알고 있었기에 수호는 조금 더 주변을 살피며 말하였다.

"그렇지. 땅값도 싸고 또 주변 환경이 이렇다 보니 산악 훈련이나 수중 침투 훈련 등 다양하게 할 수도 있으니……."

수호의 칭찬에 준렬이 빙그레 미소 지으며 대답하였다.

그가 생각하기에도 회사가 이곳에 자리를 잡은 것은 탁월한 선택이었다.

준렬이 있는 아레스(PMC)는 수호가 있던 제13특수임무여단 산하 특전대대 출신들이 주축이 된 회사다.

수호가 부상으로 전역을 하게 되고, 그 과정에서 상이군인에 대한 예우가 부적절한 것에 불만을 느낀 부대장을 비롯한 간부들과 부대원들이 대대적인 항의성 전역을 하였다.

모두가 목숨을 걸고 국익을 위해 해외에 파병되어 임무를 수행하는데, 이런 군인들에 대한 예우가 너무도 열악한 것에 대한 반발이었다.

이 때문에 자칫 전역 신청을 한 부대장과 예하 장교와 부사관들에 대한 군법 위반 심의가 벌어질 뻔도 했다.

그렇지만 이들의 반발은 당연한 것이었다.

세간에 잘 알려지진 않았지만 만약 이런 사실이 언론에 발표되었다면 아마 정권 교체까진 아니더라도 국방부 장관과 육군 본부의 상당수 별들이 유성처럼 떨어졌을 것이다.

그도 그럴 것이, 다른 일반 부대도 아니고 특수부대였다.

그것도 특수 임무를 띠고 해외에 파병을 나가 국위 선양을 하고 있는 부대 말이다.

이런 사실이 다른 특수부대에 알려지기라도 한다면, 아니, 일선 부대 장교와 부사관 혹은 지휘관들에게 알려지면 어떻겠는가.

누가 국가를 위해 희생을 하고 나라를 지키기 위해 목숨을 바치라 할 수 있겠는가.

그 때문인지 이들의 전역 신청은 조용히 별다른 사건을 만들지 않는 선에서 마무리되었다.

그리고 이들이 교육을 받던 증평 특수전 학교 인근에
자리를 잡을 수 있도록 땅이 주어졌다.

이는 어떻게 보면 특전이라 할 수도 있었지만, 어찌
되었든 대한민국에서 PMC를 만들게 되었다.

또 쓰기에 따라 국가에서 정식으로 파병을 하진 못하
더라도, 어쩔 수 없이 해야만 하는 상황이 발생했을 때
카드로 부릴 수 있기에 국가적인 측면에서도 이들의 존
재가 꼭 나쁘지만은 않았다.

그렇기에 정부도 이들에게 땅을 대여하고 특수전 학
교 시설을 이용할 수 있는 권한을 주었다.

*　　　　　*　　　　　*

아레스 본사에 들어선 수호는 가장 먼저 이곳의 사장
인 심보성을 만났다.

처음 그를 보았을 땐 어떻게 대해야 할지 순간 판단
이 서지 않았지만 금방 정신을 차리고 악수를 하였다.

수호가 군인이었거나 심보성 사장이 군인으로 그와
만났다면 예전 직속상관이었으니 거수경례를 했겠지만,
이제는 두 사람 다 군을 나와 민간인 신분이기에 굳이
경례를 하지는 않았다.

"오랜만에 뵙습니다."

"그래, 오랜만이군. 부상당한 곳은 어떤가."

심보성은 편안하게 인사하는 수호에게 미소를 보이며 물었다.

"뭐 요즘은 괜찮습니다."

"하하, 그런 것 같더군."

무엇을 보았기에 괜찮다는 자신의 말을 순순히 받아들이는 것인지 알 수 없던 수호는 고개를 갸웃거렸다.

"아, 내가 뭔가 아는 것처럼 말해서 이상한가?"

"예, 그렇습니다."

심보성의 물음에 수호는 숨김없이 자신의 의문을 표했다.

그런 수호의 모습에 심보성은 알 수 없는 표정으로 그를 쳐다보다 말했다.

"이 정도 자리에 오르게 되면 군대 인맥이 여럿 생기게 돼……."

알 수 없는 이야기에 수호는 다시 한번 고개를 갸웃거렸다.

"하하, 방송국에 아는 사람이 있어서 이야기를 전해 들었어."

"아!"

수호는 방송국에 인맥이 있다는 심보성의 말에 감탄성을 지르며 고개를 끄덕였다.

심보성이 군인으로서 주로 해외 파병에 있었다고는 하나 육군 대령, 그것도 특수부대에 해외 파병만 10여 년을 했던 사람이다.

해가 바뀌면 별을 달 것이란 이야기가 부대 내에 공공연하게 들리던 사람이었고 말이다.

영관급 군인이고 별, 즉 장군을 바라보는 군인이라면 아무리 현역에 있다 해도 거의 반 정치인이나 마찬가지라는 의미다.

그 말은 수호가 생각하는 것 이상으로 심보성은 엄청난 인맥이 존재할 터였다.

그러니 방송국에 인맥이 있다고 해도 이상할 것이 전혀 없었다.

"영국의 베허그린에 못지않은 존재가 우리 대한민국에도 있었어."

영국의 전문 다큐멘터리 프로그램 와일드에 출연하는, 전 영국 특수부대 SAS 출신의 방송인 베허그린은 세계적으로 유명한 야생 다큐 방송인이다.

영국은 물론이고, 미국과 호주 등 여러 나라에서 그의 리얼한 야생 생존을 보면서 많은 사람들이 야생에서 조난을 당했을 때 대처하는 방법을 보았다.

그런 유명인과 자신을 비교하자, 수호는 자신도 모르게 멋쩍어 뒷머리를 긁적였다.

"아니, 무슨…….."

"왜, 우연히 전해 들었지만 잘 나왔다고 하던데."

수호가 촬영한 부분은 아직 방영되지 않았지만, 조만간 STV에서 방영될 예정이다.

"그런데 조난을 당했었다고?"

심보성은 무슨 이야기를 하려고 그러는지 몇 달 전 수호가 필리핀에서 조난당했던 것을 언급했다.

"예, 그런 적이 있었죠."

별로 꺼내고 싶은 이야기는 아니었지만 굳이 숨길 필요도 없기에 질문에 대답하였다.

"그런데 그런 모습을 보였다니 놀랍군. 역시 내가 알고 있는 정 상사라면 그렇지…….."

도대체 지금 심보성이 무슨 이야기를 하려고 이리 장황하게 자신을 칭찬하는 것인지 이해할 수가 없어 수호는 조용히 그가 하려는 이야기를 경청했다.

"뭐 지금 보니 작년에 부상을 당하고 낙담하던 모습이 아닌, 내가 알던 자신감 넘치는 모습이라서 좋아."

심보성은 눈을 반짝이며 수호의 이곳저곳을 살폈다.

사실 그로서도, 수호가 어떤 경험을 하였기에 장애를 안고 군을 나가 폐인이 되었던 상태에서 예전의 자신감 넘치는 모습을 되찾았는지 알 순 없었다.

그래서 이야기하면서 뭔가 찾아내려 했지만 수호에게

선 전혀 빈틈이 보이지 않았다.

어떠한 불가능한 임무도 완벽하게 해내던 그때의 모습을 하고 있어 심보성은 더 이상 수호에게서 비밀을 알아내는 걸 포기했다.

"유준렬 과장에게서 이야기는 들었지?"

준렬이 이곳 아레스에서의 직위는 과장이었다.

군에 있을 때 계급이 계급이다 보니 PMC인 아레스가 설립되었을 때 팀장급 인사로 과장의 직위를 받았다.

"예, 신입 직원들을 대상으로 교육을 시켜 달라고요."

"맞아, 현장에 인원이 부족해서 빠른 시일에 보충을 해야 하는데, 아무리 특수부대나 그에 준하는 부대에 근무하다 전역했다고 해도…… 마땅치 않아!"

심보성은 말하면서도 계속 미간을 찌푸렸다.

그만큼 현재 아레스에서 모집한 신입들의 실력이 그의 기준에 맞지 않음을 알 수 있었다.

"전에 준렬에게 이야기한 것이 정확하게 전달되었는지 모르겠지만, 전 아레스에 입사할 생각은 없습니다."

수호는 전에 준렬을 만난 후 고민하다 전했던 이야기를 다시 한번 강조했다.

"물론 그건 안타까운 일이지만 들어서 알고 있어."

심보성은 고개를 끄덕이며 이미 들었다는 것을 말하

였다.

"그럼, 단기 파트타임으론 괜찮겠습니까?"

파트타임으로 계약을 하고 가르쳐도 상관없겠냐고 물었다.

"조금 전에도 이야기했지만 급한 것은 우리니, 계약직이라도 와서 가르쳐 준다면 우리로서는 고마운 일이지."

우수한 특전 대원이었던 수호가 전속이라면 좋겠지만, 그것이 아니더라도 회사에 입사한 신입들을 가르쳐 주는 것만으로도 충분히 고마운 일이었다.

그렇기에 심보성은 수호의 말에 흔쾌히 수락했던 것이다.

"그렇다면 좋습니다. 4주 정도 뺑뺑이를 돌리면 예전 기억들이 쏙쏙 생각나겠지요."

전에 준렬을 만나 이야기를 나누고 집으로 돌아와 슬레인과 의논을 했었다.

만약 심보성이 자신의 제안을 수락한다면 어떻게 가르쳐야 할지를 얘기하다 교육 프로그램을 짰었다.

최대한 압축하여 최단 시간에 아레스의 신입 직원들을 예전 현역에서 뛰었을 때로 되돌리는 프로그램이었다.

"4주? 지금 4주라고 했나?"

심보성은 순간 자신의 귀를 의심했다.

아무리 신입 직원들이 예전 특수부대에 근무했다고 하지만, 현재 상태는 사회의 기름때가 많이 껴 예전과 같지 않았다.

그런데 일반인보다 약간 더 나은 정도의 직원들을 겨우 4주 만에 일당백의 용사로 되돌리겠다는 수호의 말을 도저히 믿을 수가 없었다.

"직원들이 전혀 경험이 없는 것도 아니고, 약간의 시설이 보충되어야 하겠지만 4주면 충분하지 않겠습니까?"

수호는 믿을 수 없다는 심보성의 얼굴을 보며 전혀 표정의 변화 없이 담담히 말했다.

"그게 가능하다면 돈이 조금 더 들어간다 하더라도 투자하지 않을 수 없지."

비록 사장의 자리에 앉아 있기는 하지만 아레스의 모든 것을 자신이 통제할 수는 없었다.

밖으로 알려지진 않았지만 사실 아레스는 대한민국 정부에 많은 지분이 있었다.

사장인 심보성의 아레스에 대한 지분은 겨우 10% 정도이고, 정부가 50%, 그리고 국방부가 10%, 육군 본부가 30%였다.

즉 사장인 심보성의 지분을 뺀 나머지는 사실상 정부

에 있는 것이다.

겉으로는 심보성이 군의 대우에 불만을 가지고 밑에 있는 휘하 장교와 부사관들을 데리고 전역한 것으로 알려졌지만 실은 그게 아니었다.

정치적인 이유로 대한민국 군인을 파견할 수 없는 곳에 무력 투사를 해야만 하는 상황에서 정규군이 아닌 이들을 활용하기 위해 사실상 눈 가리고 아웅 하는 짓이었다.

이는 미국이 많이 사용하는 방법으로, 만약 일이 잘못되어도 자신들은 관여하지 않았다고 발뺌을 할 수 있어 활용 가치가 꽤 높았다.

이를 옆에서 보아온 심보성이 상부에 상신을 하였고, 마침 수호의 일로 명분을 만들 수 있어 밑에 부하들 모르게 이렇게 PMC를 만들 수 있었다.

즉, 한마디로 수호만 손해를 본 것이다.

어차피 수호의 일로 불만을 가지고 있던 부대원들은 심보성이 아니더라도 전역을 하려고 마음먹었던 이들이 많았다.

그러다 심보성이 수호의 일을 핑계로 전역하려 한다고 이야기하며 자신과 뜻을 같이해 PMC를 만들자 꼬드기니 부대원들도 마음만 먹고 결정을 못 하던 이들까지 합류하여 생각보다 규모가 커졌다.

예상보다 많은 인원이 한꺼번에 전역하는 것에 약간 문제가 발생하기는 했지만 정부로선 별것 아닌 문제였다.

인원이 확 빠져나간 파견 부대는 다른 부대로 교체를 하면 되는 문제고, 인원이 부족해진 부대는 특수전 학교에서 수료하는 인원과 다른 부대에서 일부를 차출하여 메우면 되기에 큰일도 아니었다.

그랬기에 정부에서 아레스가 자리를 잡는데 토지도 알선하고, 회사 설립에 도움을 준 것이다.

다른 직원들은 그것이 모두 심보성의 인맥 때문이라고만 알고 있었지만 말이다.

"언제부터 가능한가?"

심보성은 수호를 보며 언제부터 교육이 가능한지를 물었다.

인원이 부족하니 그랬던 것이다.

현장에서는 아무리 인원을 보충해도 충분치 않았다.

그도 그럴 것이, 많은 인원이 전역을 하여 아레스가 설립되었다고 하지만 모든 인원이 현장에 투입이 될 수는 없었다.

준렬처럼 한국에서 인원을 모집하는 직원도 있어야 하고, 심보성처럼 얼굴마담이 되어야 하는 사람도 있어야 했기에 정작 PMC가 필요한 현장에 나가 있는 인원은 300명의 아레스 직원 중에서 80여 명 정도밖에 되지 않았다.

나머지 인원은 한국과 중동에서 이들을 지원하는 행정 업무를 담당하고, 또 몇 명은 준렬처럼 신입 직원을 모집하고 있었다.

그러니 하루라도 빨리 신입 직원을 교육하여 한 사람의 용사를 만들어 현장 요원들이 있는 중동으로 보내야만 했다.

"상황이 급한 것 같으니 일주일 뒤부터 교육하는 것으로 하죠."

"일주일 뒤? 더 빠르게는……."

"일주일도 빠른 것입니다. 이 일주일간 부족한 것을 채워야 하니 그리 많은 시간은 아닐 것입니다."

수호는 아레스의 신입 직원들을 교육하는 준비 기간을 일주일로 잡았다.

그리고 그 기간에 부족한 시설을 구축하는 것으로 가닥을 잡았던 것이다.

스윽.

탁.

"이게 뭔가?"

심보성은 수호가 품에서 느닷없이 서류 봉투 하나를 꺼내자 그것을 보며 물었다.

"이건 제가 아레스의 신입 직원들을 교육하게 된다면 그들에게 가르칠 커리큘럼입니다. 그리고 뒷장에 있는 것은 그것에 필요한 준비물들입니다."

이미 심보성이 자신의 제안을 받아들일 걸 짐작하고 있었기에 준비해 온 것이다.

모두 군대에서 사용하는 것들로, 대한민국 특수부대에도 훈련 중 사용하는 것들, 그리고 인근의 특수전 학교에도 사용되는 물건들이었다.

물론 한국의 특수부대가 사용하는 것만 있는 것은 아니다.

그렇다고 구하지 못할 것도 없는, 아레스의 사장인 심보성의 인맥을 이용하면 충분히 구할 터였다.

대한민국 특수부대는 해외 유수의 특수부대에서도 함께 훈련하길 원하는 탑티어의 부대였다.

＊　　　＊　　　＊

PMC 아레스에 다녀왔다.

처음에는 거절하려 하였지만 옛 상관이자 아레스의 사장인 심보성이 자신의 제안을 받아들임으로서 굳이 거절하지 않아도 되었다.

더욱이 어쩐 일인지 자신이 요구하는 것에 적극적인

게, 현재 아레스가 하는 일이 많이 힘든 것 같았다.

준렬에게서 조금 들은 이야기로 아프리카 쪽에 아레스의 인원이 파견을 나가 있는데, 그곳에 인원이 무척 부족하다고 하였다.

그러니 이번 신입 직원들이 훈련을 끝내면 그곳에 보내질 것이 분명했다.

그렇다고 훈련도 시키지 않고 보낼 순 없기에 훈련 교관을 찾다가 자신을 부른 것 같았다.

'교육 기간이 짧은 대신 수업료는 될 수 있으면 많이…….'

집으로 가는 중에도 수호는 두 시간 전 증평에서 심보성과 했던 이야기를 떠올리며 걸었다.

혹시나 하는 생각에 자신의 제안을 받아들이면 어떻게 신입 직원들을 가르칠 것인지 포트폴리오를 작성해 가져간 것이 직방이었다.

심보성 사장도 그런 수호의 준비성에 무척이나 만족해하였다.

그도 그럴 것이, 현장의 인원 보충이 시급한 상황에, 지원 보낼 인원이 빠르게 준비된다는데 어찌 좋아하지 않을 수 있겠는가.

그런 이유로 수호의 파트타임 교관으로의 계약은 일사천리로 이루어졌다.

수호의 계약 조건은 우선 1기 열여덟 명을 교육시키는 것으로 하고, 주 3회는 직접 교육을 하며 4주간 이어 가는 것으로 계약하였다.

또 추가 계약으로 우선 3기까지 계약하였고, 계약금은 3천만 원이었다.

물론 이 금액은 1기 교육만 하는 금액이었다.

한 달 가르치고 3천만 원이라는 돈을 받는 것이 어떻게 보면 엄청 많이 받는 것 같지만, 이것을 자세히 살펴보면 또 그렇지도 않다.

현역 특수부대원과 같은 전투력을 갖도록 만드는 것은 결코 쉬운 일이 아니었다.

교육을 받는 사람들이 전직 특수부대원이었다 하더라도 몇 년 혹은 몇 개월 동안 전혀 훈련이나 수련을 하지 않고 일반인화 된 상태에서 현역 시절의 상태로 되돌리는 것은 쉽지 않다.

더욱이 이들을 가르치는 방법을 기획한 것은 수호였다.

그러니 그 가치 또한 인정해 줘야 하는 것이다.

약만 수호가 이런 프로그램을 돈이 많은 외국의 군지휘관에게 판매한다면 보다 더 큰돈을 벌 수도 있을 터였다.

하지만 수호는 그럴 필요를 느끼지 않았다.

어찌 되었든 준렬이나 심보성 사장, 그리고 PMC 아레스가 자신과 전혀 연관이 없는 단체도 아니기에 그런 호의를 베푸는 것이다.

또 수호가 돈에 대한 욕심을 크게 내지 않는 것은 다른 이유도 있었다.

그것은 바로 그의 수족이라 할 수 있는 슬레인 때문이었다.

불과 한 달 조금 안 되는 시간에 슬레인은 수호의 허락을 받아 그가 군에서 받은 월급 통장에 들어 있던 3천만 원을 가지고 벌써 500배의 수익을 냈다.

물론 수호의 통장에 150억 원이 들어 있진 않다.

주식 거래로 계좌에 50억 원이 넘어가면서 슬레인은 일정 금액을 남겨 두고 다른 작업을 하였다.

슬레인이 하는 작업은 바로 자신의 몸을 만드는 것으로, 그 준비를 위해 세계 여러 나라에 있는 기업들에서 기계 장치들을 주문하였다.

세계에는 로봇을 만드는 기업들이 상당한데, 슬레인은 이런 회사들 중 선별하여 자신이 필요로 하는 부품들과 기기들을 주문하였다.

한 회사에서 주문을 하면 편하겠지만 그렇게 한다면 의심을 받을 수도 있었다.

개인이 로봇을 주문하는 것은 이상한 일이었기 때문

이다.

또한 슬레인이 만들려고 하는 신체는 현재 기업들이 연구하고 있는 것보다 뛰어난 것이었다.

그러니 한 회사에 주문하기보단 여러 회사에 부품을 주문하는 것이다.

사실 슬레인이 살펴본 정보에 의하면 한 회사가 가진 기술력은 한계가 있었다.

하지만 여러 회사들이 가진 기술력은 현재 알려진 것보다 훌륭했다.

그렇기에 한 회사에서 부품을 주문하기보단 여러 회사에 분산해서 주문하였고, 또 그것이 보안에 더욱 좋았다.

아무튼 슬레인으로 인해 수호는 돈에 대해 크게 구애받지 않았기에 그렇게 계약할 수 있었던 것이다.

띵동.

— 누구세요.

집에 도착하고 초인종을 누르자 스피커에서 가사 도우미의 목소리가 들렸다.

"접니다."

띠이.

철컹!

문이 열리자 집으로 들어갔다.

＊　　　　＊　　　　＊

"이제 들어오니?"

현관에 들어서자 어머니께서 마중을 해 주셨다.

"네."

"저녁은 아직이겠네?"

충북 증평에 내려갔다 오겠다고 했는데, 저녁 8시가 살짝 넘었다.

"네. 아직이에요."

"그럼 씻고 내려와라. 차려 놓을 테니."

어머니는 수호에게 씻고 내려오라는 말을 하였다.

"참, 아버지가 너 들어오면 할 이야기가 있다고 하니 밥 먹고 서재로 가 봐라."

"네. 알겠습니다. 그럼 씻고 내려올게요."

수호는 그렇게 어머니와 이야기를 마치고 2층으로 올라갔다.

"최 여사, 우리 수호 저녁상 좀 부탁해요."

"네. 알겠습니다. 사모님."

수호가 2층으로 올라가자 박은혜 여사는 가사 도우미인 최주연에게 수호의 저녁 상차림을 부탁했다.

　　　　*　　　　*　　　　*

　똑똑.

　저녁을 먹은 수호는 아버지가 할 이야기가 있으니 찾
는다는 이야기를 상기했다.

　그래서 저녁을 먹은 후 아버지를 찾아왔다.

　"아버지, 저 수호입니다."

　"음, 들어와라."

　노크를 하고 자신이 온 것을 알리자 서재 안에서 들
어오라는 말이 들렸다.

　끼익.

　"찾으셨다고요?"

　"그래, 일단 앉아라."

　중현은 서재로 들어오는 아들을 보며 자리를 권했다.

　할 이야기가 짧게 끝날 게 아니었기 때문이다.

　"네."

　수호는 아버지의 권유에 서재 한쪽에 있는 의자 하나
를 끌어다 앉았다.

　"그래, 갔던 일은 잘되었고?"

　"네. 이야기가 잘 돼서 일주일 뒤부터 일하기로 했습
니다."

　"음, 그런데 괜찮겠냐?"

아들의 대답에 중현은 조심스럽게 물었다.

군대에서 총상을 입고 장애 진단을 받은 아들이다.

겉으로 보면 두 손, 두 발 다 있는 정상으로 보이지만 장기 중, 신장 하나가 없어 장애 판정을 받았다.

신장 두 개 중 하나가 없다고 해서 일상생활을 하지 못하는 것은 아니지만, 신장이 왜 두 개일까. 그것은 두 개여야만 하기 때문이다.

그 때문에 신장 이상으로 한쪽을 떼어 낸 사람은 일상생활에서 쉽게 지치고 피곤해한다.

그런데 아들이 일상생활도 아니고 군대에 있을 때처럼 PMC라는 곳에 들어가 군인처럼 일을 한다고 하니 걱정이 되었다.

"조만간 회사를 차리게 될 텐데, 그냥 너도 여기로 오는 것이 어떠냐?"

못내 걱정이 된 중현이 자신이 설립할 회사에 오는 것이 어떠냐는 제안을 하였다.

수호가 준 자료를 보고 그것이 신물질이란 것을 깨달은 중현은 설계식처럼 실물이 제 역할을 하는지 만들어 보았다.

그 결과, 그것이 제대로 된 신물질임을 깨닫자 바로 특허 신청을 하였다.

이런 신물질에 대한 특허 신청은 빠르면 빠를수록 좋

은 일이기에 바로 신청을 했던 것이다.

더욱이 이 신물질은 잘만 활용하면 여러 분야에 활용할 수도 있었다.

특히나 소방과 관련된 분야에서는 독보적인 역할을 할 것이 눈에 훤히 보였다.

더군다나 이것을 제조하는데 크게 어렵거나 돈이 많이 들어가지도 않았다.

수호가 만들어 준 식의 순서대로만 배합하면 되기에 소량이라면 작은 구멍가게에서도 만들 수 있었다.

다만 중현이 계획하고 있는 것이 있기에 어느 정도 규모를 가지고 회사를 차릴 생각이었다.

전문 경영인으로는 자신의 이복형인 상현을 이미 섭외해 놓았다.

뿐만 아니라 이복형인 상현의 장남인 조카 준호도 여차하면 데려올 생각이었다. 그러니 아들 수호를 회사로 부르지 않을 이유가 없었다.

더욱이 수호는 회사 설립을 하는 기반이 되는 핵심 기술을 가지고 있지 않은가.

중현은 이 물질을 특허 신청할 때 자신의 이름이 아닌 수호의 이름으로 하였다.

그래야 나중에 문제가 생겨도 특허가 다른 사람의 손에 들어가지 않기 때문이었다.

물론 그것도 그것이지만 이 특허 물질이 판매되고 수익이 창출된다면 특허권을 가진 수호에게도 특허 사용료로 수익이 분배된다는 것이 가장 큰 이유였다.

　중현은 회사 설립에 대한 이야기도 하고, 또 수호가 준 USB에 들어 있던 화학식을 가지고 특허를 낸 것과 그 개발자로 회사가 아닌 그의 이름으로 특허 신청을 했다는 것까지 들려주었다.

　"굳이 그렇게 하지 않으셔도 되는데……."

　수호는 모든 이야기를 들은 후 그리 말했다.

　"아니, 그렇지 않다. 네가 개발을 했고, 또 나나 앞으로 설립될 회사의 이름으로 특허를 가지고 있으면 분명 문제가 발생할 것이다."

　"네? 아니, 무슨……."

　아버지의 이야기에 수호는 잠시 이해가 가지 않아 고개를 갸웃거렸다.

　그렇지 않은가.

　자신이 특허권을 가진 것이나 아버지가 특허권을 가지는 것이나 무슨 차이가 있다고 그런 말씀을 하는 것인지 순간 이해할 수가 없었다.

　하지만 곧 아버지가 하는 이야기에 수호는 자신도 모르게 고개를 끄덕였다.

　"너도 알다시피 난 회사에서 사고가 발생했을 때 뒷

수습을 하던 사람이다."

"음……."

"그런 내가 어느 날 갑자기 신물질을 개발해 특허 신청을 했다 치자. 그럼, 그걸 누가 인정을 해 주겠냐? 아니, 그런 사람이 있다고 해도 네 큰아버지가 그것을 인정할까?"

중현은 자신의 큰형인 정진현을 떠올리며 말했다.

비록 자린고비까지는 아니어도 정진현의 욕심은 대단했다. 그것이 자신의 가족을 위한 것이라면 물불을 가리지 않는 경향이 있었다.

그런데 만약 앞으로 돈이 될 것으로 예상되는 신물질에 대한 특허가 자신의 이복동생인 중현이 가지고 있다면 어떻겠는가.

그것을 어떻게 해서든 가져오려 할 것이 분명했다.

이런 이야기를 하는 중현의 표정은 좋지 못했다. 어찌 되었든 자신의 형인 것은 확실했기 때문이다.

어머니가 다른 이복형제이기는 하지만 말이다.

그렇다고 중현도 욕심이 없는 것은 아니다.

지금까지 회사를 위해 개처럼 일한 것은 모두 앞에 앉아 있는 아들 수호의 미래를 위해서였다.

어떻게든 회사 내에 한 자리를 만들어 주기 위해 노력에 노력을 다했다.

필리핀의 사고 이후 수호에 대한 인식이 많이 좋아져 그의 바람대로 다행히 회사 내에 자리를 만들 수 있을 것 같았다.

하지만 대천 연구소에서 발생한 사고로 인해 분위기가 반전되었다.

느닷없이 발생한 사고로 준호의 입지가 흔들리면서 계열사 사장으로 있는 둘째형 상현의 입지도 흔들리게 되었다.

이 모든 게 장조카인 태호의 차기 기업 승계 문제와 연결되어 그동안 잠잠하던 큰형이 움직였기 때문이다.

큰형의 나이도 어느덧 70이 넘었고, 장조카의 나이도 곧 마흔이 된다.

슬슬 인수인계가 되어야 할 시기가 돌아오는 것이다.

아무리 현대가 백세 시대라 하지만 언제, 어느 때 졸할 수도 있는 게 노인들이었다.

그러니 큰형도 미리 준비하려는 것을 알기에 중현도 굳이 미래가 뻔한 이곳에 남아 있고 싶지 않았다.

이미 남들도 탐낼 만한 큼지막한 아이템이 손안에 있는데, 굳이 가족이라 해서 회사에 묶여 있을 필요성을 느끼지 못했던 것이다.

더욱이 전무라는 직책이 있기는 하지만 사장이 언제든 자를 수 있는 계약직 직책이지 않던가.

이번 기회에 회사를 차려 독립하는 것도 좋을 것이란 판단에 이런 계획을 세웠다.

둘째 형도 자신의 운명을 알기에 큰형 밑에 있기보다는 자신과 함께하기로 하였고 말이다.

그러니 계획은 순조롭게 진행되고 있었다.

"네 둘째 큰아버지도 네가 특허권을 가지고 있으면, 첫째 큰아버지처럼 널 어쩌지 못하고 회사에 한자리를 내어 줄 것이다. 그러니……."

중현은 그렇게 아들 수호를 설득해 힘든 PMC의 교관이 아닌, 자신과 함께 회사에 다니는 직장인이 되기를 권했다.

"아버지, 말씀은 감사한데…… 제가 하고 싶은 것이 많아요."

"음……."

"이번 PMC의 교관을 하는 것도 그렇고, 또 지금까지 제가 준비하지 못해 경험해 보지 못한 것들도 많이 해 보고 싶어요."

수호는 자신과 함께 직장 생활을 하자는 아버지의 권유가 나쁘지는 않았다. 하지만 이미 계획하고 있는 것도 있고, 또 해 보고 싶은 것도 있었다.

무엇보다 아버지가 왜 이런 이야기를 하는 것인지도 잘 알지만 자신은 이제 아무렇지 않았다.

신장이 비록 한 개뿐이지만 그렇다고 해서 정상인보다 못하지 않았다.

아니, 지구상 어떤 존재보다 더 뛰어난 신체 능력을 가지고 있었다.

막말로 아프리카 초원에 가서도 맨손으로 사자 무리와 싸워 이길 수 있었고, 북극의 최상위 포식자인 북극곰도 1:1로 사냥할 수 있을 정도였다.

그러니 현재 수호의 자신감은 그 어느 때보다 최고조에 달해 있었다.

그렇기에 아버지의 권유도 사양하는 것이다.

"음, 네가 그렇게까지 이야기한다면 어쩔 수 없지."

중현은 아들의 이야기를 듣고 잠시 고민하다 자신의 생각을 말했다.

"하지만 힘들면 언제든 이야기하거라."

"네. 알겠습니다. 꼭 그럴게요."

아버지의 이야기가 그리 나쁘지 않았고, 또 자신을 걱정하는 말이었기에 수호는 그러겠다고 대답하였다.

〈2권에 계속〉